CB072253

Dancing Brasil

Outras obras do autor publicadas pela Editora Record

Aurora – os anjos do apocalipse

Fritz Utzeri

Dancing Brasil

EDITORA RECORD
RIO DE JANEIRO • SÃO PAULO
2001

CIP-Brasil. Catalogação-na-fonte
Sindicato Nacional dos Editores de Livros, RJ.

U95d
Utzeri, Fritz, 1945-
    Dancing Brasil / Fritz Utzeri. – Rio de Janeiro:
Record, 2001.

    ISBN 85-01-06124-7

    1. Crônica brasileira. I. Título.

01-0811
    CDD – 869.98
    CDU – 869.0(81)-8

Copyright © 2001 by Fritz Utzeri

Ilustração de orelha: Ique

Direitos exclusivos desta edição reservados pela
DISTRIBUIDORA RECORD DE SERVIÇOS DE IMPRENSA S.A.
Rua Argentina 171 – Rio de Janeiro, RJ – 20921-380 – Tel.: 2585-2000

Impresso no Brasil

ISBN 85-01-06124-7

PEDIDOS PELO REEMBOLSO POSTAL
Caixa Postal 23.052
Rio de Janeiro, RJ – 20922-970

EDITORA AFILIADA

Meus agradecimentos ao Alexandre Raposo,
belo escritor, que teve a paciência
de selecionar estas crônicas, e ao
Edmundo Barreiros, que as editou.

A Noêmio Spinola e Cesarión Praxedes,
que tiveram a idéia louca (ambos são malucos)
de que eu poderia ser um cronista.

A Liege, minha mulher e eterna musa.
In memoriam a José Gonçalves Fontes.

Sumário

Cadê o amor?, 9
Assim, não dá!, 13
O Dr. Fritz e os "chupa-almas", 17
Impressões de uma péssima educação, 23
Pare de me chamar de diabo!, 29
Vade retro!, 33
Inimigos do Brasil, 37
A vida é bela?, 43
S.S. *Brazil*, o filme, 47
Fouquet, 49
Naturalizado ou desnaturado?, 51
Marketing, 53
O gene do farol aceso, 55
Terceira pessoa, 57
Luís XVI e o "risco sistêmico", 59
Flora Dânica, 61
Severina e o corporativismo, 63
Bundes über alles, 65
"Assimétrica" até nos santos..., 69
Um lugar na História, 71
Um lugar na História (2) "Brioches", 73
É duuuuura a vida do gordo!, 75
Vacinas, 79
Céu e inferno, 81
O ajuste da Etelvina, 83
"Beija e balança" em *Bundas* é crime!, 87
Alea jaca *est*, 91
História..., 95
Duas vidas, 97
O dia em que Fritz salvou Fellini, 101
Raiva do Araribóia, 105
O que é *e-mail*?, 107
Vovó vermelha, 111
Dancing Brasil, 115
Os Carbonários, 119
A vida vendida, 121
Cadê o dinheiro?, 125
Poder e tinta fresca, 129

O eclipse na bacia, 133
Quero minha utopia de volta!, 137
Coisas russas, 141
A Bic e o socialismo, 145
Fellini..., 147
O pintor e a morte, 151
Gato com jota, 155
O gnomo de Belfort Roxo, 157
O anjo exibicionista, 161
"La buena dicha" dos anjos, 165
Por que não nasci em Ubá?, 169
A pedra do fim do mundo, 173
As mãos de Ediene, 175
Freud, Tom & Jerry e o Dr. Fritz, 181
Histórias sem fim..., 185
Ecos do além, 189
Ite missa est, 193
Heil Bräuer!, 197
Have a nice nazismo..., 201
Brasil 500 anos. Comemorar o quê?, 205
Gerônimo, 209
No tempo do rádio..., 213
Conversa de maluco, 219
Folhas mortas, 223
No sports, my dear, 227
Simpático, brincalhão... e doente!, 233
A dama de ferro, 237
Quem foi o moleque?, 243
Roma locuta..., 247
A síndrome de Abraão, 251
O céu perdido, 255
Vá para o pleroma!, 259
A arte de furtar, 265
O crime de Madame M., 267
O anjo esquecido, 271
Formigas, 275
Justiça!, 279
Saudosa maloca, 287
O Império da Lama pede passagem..., 293
Marraio, 297
Ensaio de orquestra, 303
Sem culpa — O bom Deus carajá, 307
Ossobuco & máfia, 311
A pipa louca, 315
Vamos estatizar o Estado?, 319
De onde vêm as piadas?, 325
Historia antiqua, 329

Cadê o amor?

(O GLOBO — 24 DE ABRIL DE 1996)

Se um país puder ser identificado por seus símbolos, falta algo no Brasil.

Quando os franceses fizeram a sua revolução, o ideário desse movimento foi resumido em três palavras que ainda hoje estão nos corações e mentes de qualquer francês: "Liberdade, Igualdade Fraternidade". Três valores absolutos que se combinam e completam.

Para ser livre é preciso ser igual e fraterno. Os americanos fizeram o mesmo em sua revolução. No preâmbulo da Declaração de Independência dos EUA estão caracterizados igualmente três princípios. Segundo os pais fundadores da América, todos os homens foram criados iguais por ninguém menos que Deus e ganharam, diretamente dele, pelo menos três direitos inalienáveis: "a vida, a liberdade e a busca da felicidade".

Os governos, segundo essa declaração, foram instituídos para assegurar esses direitos e sempre que não o fizerem deverão ser alterados ou abolidos pelo povo. Da mesma forma que na fórmula francesa, para Jefferson, Franklin e demais constituintes americanos, que escreveram uma Carta Magna que em duzentos anos continua a mesma, o homem nasce para a vida, livre e com o direito de ser feliz. Juntando as idéias, as duas democracias que mais nos marcaram ao longo de nossa História legaram-nos como símbolos a vida, a liberdade, a igualdade, a fraternidade e a busca da felicidade. Cinco princípios, cinco como os dedos da mão, o suficiente para fazer não apenas um programa de governo mas a própria essência do Governo.

Diante de episódios como o massacre de Eldorado dos Carajás, onde estão esses princípios? Onde está a vida? Cadê a liberdade? O que foi feito da fraternidade? E como buscar a felicidade sem tombar vítima de balas de jagunços ou soldados?

Quando fundamos nossa República buscamos também uma idéia francesa. Infelizmente não adotamos simplesmente as três idéias absolutas legadas pela revolução. Preferimos um filósofo que estava na moda na época: Augusto Comte. Daí nasceu a divisa de nossa bandeira: "Ordem e Progresso". Mas, ao adotar a idéia de Comte e ao inscrevê-la em nosso pavilhão, já cometemos uma primeira e imperdoável escamoteação; escondemos algo. Começamos falseando o pensamento do filósofo para enquadrá-lo num sistema que já era injusto e que injusto continua. Algo essencial ficou de fora, algo que transformaria completamente o sentido de "Ordem e Progresso".

A frase de Augusto Comte, da qual derivou o lema de nossa bandeira, é: "O amor por princípio, a ordem por base e o progresso por fim." Assim, a frase completa que deveria figurar na bandeira seria: "Amor, Ordem e

Progresso". O amor ficou de fora, jogamos fora o princípio mesmo do pensamento do filósofo, pois o amor, como os valores anunciados pelos fundadores das democracias francesa e americana, também é um valor maior, absoluto e transcendental; tão maior que condiciona e direciona irremediavelmente o sentido dos outros dois, como queria o filósofo. Sem amor, "Ordem e Progresso" poderia estar escrito até na entrada de um campo de concentração. Só para lembrar, em Auschwitz estava escrito "O Trabalho Liberta" no portal por onde passavam os trens da morte.

Afinal, o que costumamos entender como ordem? Em nome desse conceito exige-se sempre, entre nós, que os injustiçados se calem, se conformem com a sua desgraça, com a escravidão, com a felicidade negada, com a ausência da fraternidade, sem a menor perspectiva de igualdade, à espera do progresso que nunca os alcança. E que progresso é esse que dá ouro a bancos falidos e chumbo a homens sem terra? Isso é exatamente o contrário do que pregavam Jefferson e Franklin!

Enquanto o amor não for resgatado e escrito na nossa bandeira, nos corações e mentes das elites brasileiras, continuaremos sendo um país no qual seus habitantes, na sua grande maioria, não serão cidadãos, nascidos livres e criados iguais, mas simplesmente "sem-terra, pivetes, trombadinhas, carentes, bandidos ou traficantes", periodicamente exterminados para manter a ordem e não atrapalhar o progresso. Cadê o amor?

Assim, não dá!

(O GLOBO — 25 DE JULHO DE 1997)

Sempre achei que um país deve funcionar como nosso organismo. Num organismo sadio o pulmão bombeia o ar, o fígado funciona como uma refinaria (ou destilaria, dependendo do dono do fígado), o coração bombeia, o estômago digere e cada um faz a sua parte em silêncio, tão discretamente que vivemos sem sentir a presença desses órgãos vitais.

Quando as coisas vão mal, sentimos palpitar o coração, o fígado incomoda, tossimos e o pulmão nos deixa sem ar, e o estômago, ah, o estômago! Todo o nosso corpo se revela em febre, faz-se presente e funciona mal. Em conseqüência, vivemos pior ou, em casos extremos, vamos para o brejo.

O Brasil é assim, exatamente como um organismo que funciona mal. Para viver no Brasil, temos que carregá-lo nas costas todos os dias. É mais ou menos como viver numa eterna reunião de condôminos aos quais acaba de ser entregue um prédio novo (nem tão novo assim, já que tem uns quinhentos anos e, como país, é mais velho que a Itália e a Alemanha, por exemplo). Todos (no caso alguns) estão reunidos, discutindo a convenção, uma discussão eterna onde ninguém chega a um acordo sobre as crianças no *play*, a piscina, o lixo ou os cachorros nas área comuns.

Em conseqüência, o Brasil está sendo montado todos os dias debaixo de nossos narizes, cobrando presença, fazendo barulho e trazendo-nos prejuízos e mal-estar constantes. Não fica pronto nunca!

Vejamos a Constituição. Há países, como os Estados Unidos, que têm uma Carta Magna pétrea. É a mesma há duzentos anos. Ela não entra em detalhes sobre juros, estatuto dos servidores, telefonia ou navegação de cabotagem, e, entre outras coisas, propõe logo de saída algo tão imaterial e belo como o direito de buscar a felicidade. Está lá, firme! Mexeram nela tão pouco que até hoje é possível saber de cor as emendas que a complementam.

Entre nós, o que resta hoje da "Constituição Cidadã"?

"Não dá para governar com essa Constituição!", exclamam hoje muitos dos que se emocionaram quando Ulysses a ergueu, recém-nascida, com as duas mãos, no plenário repleto e dominado pela emoção e pelo Hino Nacional; a começar por Fernando Henrique Cardoso.

"Não dá para governar com essa Constituição!", reclamam quase todos os presidentes, de Getúlio aos militares, passando por Jânio Quadros. Eram outras constituições. E como mexeram nelas! E tome de Ato Complementar, Institucional e novas constituições. Tivemos até uma "Polaca", que era sinônimo de mulher de má fama, mas cujo apelido deveu-se a algo bem pior: uma Constituição polonesa, imposta pelo marechal Pilsudski, um militar fascista (que tem um busto esquisito em Ipanema) e que foi copiada pelo notório Francisco Campos, o "Chico Ciência", ministro da Justiça de Getúlio, para servir ao Estado Novo.

Notável exceção foi Juscelino, que conseguiu governar com a Constituição que tinha à mão e foi o que se viu.

Mas a tradição revisionista se mantém e tome de reformas! É tanta emenda que melhor seria fazer um soneto e tentar ser sério neste país estranho. Se comparamos a Constituição brasileira com uma casa, seria como se a planta tivesse sido desenhada por uma equipe de arquitetos malucos. Encontramos a cama de casal na sala, a geladeira no quarto de dormir, a privada na cozinha e o tanque para lavar roupa no banheiro. Assim, não dá! Bradamos, ao receber a construção e recomeçamos a reforma. Seis meses depois, temos o fogão na sala, a geladeira no banheiro, a privada no quarto e a cama de casal na cozinha. E novamente bradamos e tornamos já a recomeçar, levando a privada para a sala...

Não passa um dia sem que uma barganha reorganizativa nos incomode, incomode a quem lê jornal, pois a maioria da sociedade brasileira passa batida ao largo desse festival. Ela apenas sofre as conseqüências. "Reformam-se" a Constituição, o sistema tributário, o ensino, a previdência, mas cada um quer manter o seu e acaba-se mesmo é legislando sobre detalhes, cobrando impostos de assalariados que não podem fugir do desconto compulsório, aprendendo cada vez menos nas escolas e distribuindo miséria no final da vida para a maioria dos brasileiros (resguardando-se muito bem as gordas aposentadorias de alguns poucos).

Pessoalmente, não agüento mais. Só queria viver num país onde as regras durassem pelo menos alguns anos. Um país onde houvesse um mínimo de estabilidade nas instituições. Não precisavam ser duzentos anos, mas, já que estamos em tempos globalizados e os neoliberais de plantão vivem dizendo que não vale a pena reinventar a roda (a esquerda vive sendo acusada de querer fazê-lo), que tal pegar a Constituição americana e simplesmente adotá-la entre nós?

Quem sabe Juracy Magalhães não estava certo ao dizer que o que é bom para os Estados Unidos é bom para o Brasil. Já que somos fascinados por Miami, *home theater*, *shopping center* e McDonald's, não seria hora de trazer de fora algo mais racional, duradouro e, sobretudo, pronto?

O Dr. Fritz e os "chupa-almas"

(O GLOBO — 19 DE AGOSTO DE 1997)

Leio no jornal a notícia de que o chefe do Gabinete Militar da Presidência da República, general Alberto Cardoso, tem incorporado o espírito do Dr. Fritz, que realiza cirurgias espíritas. Agora chega! Assim também é demais! Não reclamei até aqui, mas incorporar num chefe da casa militar... e fazer operações! É demais para qualquer espírito. Para quem não entende minha indignação, explico logo. Meu nome é Fritz, nasci na Alemanha, em Timmendorferstrand, e formei-me em Medicina na Faculdade de Ciências Médicas da Uerj.

Fritz, alemão e médico... O Dr. Fritz sou eu! Infelizmente para os que alegam estar me encarnando quero deixar registrado publicamente que tal fenômeno é totalmente impossível, pela pura e simples razão de que ainda não desencarnei e não acredito que a minha alma ande por aí fazendo bicos ou frilas como dizemos em linguagem de jornalistas.

Além disso, quero deixar claro que ao desencarnar, se tiver a intenção de voltar a este vale de lágrimas para praticar a medicina, certamente não escolherei um curtume suburbano ou a casa militar do Planalto para exercer o meu mister, a não ser que — além de espírito — tenha também virado maluco. Já que sou alma e, presumidamente, capaz de todo o conhecimento, por que não reencarnar no Mount Sinai Hospital, por exemplo, ou no National Institute of Health, e descobrir coisas fundamentais que ajudarão milhões de pessoas e ainda, de quebra, ganhar o Prêmio Nobel de Medicina? Já imaginaram?

Há pouco mais de três anos tive um aneurisma cerebral que sangrou e passei dois minutos "do lado de lá", quase liberando minha alma para os ansiosos candidatos a Dr. Fritz de plantão. Mas voltei, e voltei com uma revelação assombrosa: há uma verdadeira invasão de espíritos que andam por aí devorando as nossas almas, se apoderando delas, parasitando-as, como um vírus maligno, uma espécie de "chupa-almas". (Já pensaram que livro isso daria? "Os chupa-almas", escrito pelo Dr. Fritz. O Paulo Coelho que se cuide...)

Quando voltei a mim, ainda impressionado, pensei em contar para todo mundo, mas calei-me prudentemente. Afinal, apesar de Dr. Fritz, ninguém ia acreditar e eu ia acabar com fama de doido. Calei, mas nunca mais consegui ler jornal sossegado. Não passa um dia em que não tenha uma confirmação da revelação que tive.

Acredito até que não sou o único que sabe disso. A juíza Sandra Mello é certamente uma das iniciadas nesses profundos mistérios do além. Ao caracterizar como lesão corporal seguida de morte a incineração do índio pataxó Galdino por uma turma de jovens de Brasília, ela certamente estava convencida (como estou) de que as almas desses meninos foram "chupadas" temporariamente pelo espírito de Nero, aquele que não podia ver um cristão ou uma cidade e ia logo tocando fogo. Só faltou a lira. Mas os rapazes não podiam mesmo ser condenados por um crime doloso cometido por um imperador romano maluco e morto há quase dois mil anos...

Aliás a Dra. Sandra tem um exemplo de "chupa-almas" bem em casa. Não foi o marido dela, juiz do Supremo, que declarou recentemente que hoje não há mais crianças de doze anos e sim moças de doze anos, referindo-se a um caso de estupro de uma menor? Pois é... tá na cara! Foi o Nabokov! Aqueeeeele da Lolita, que reencarnou no austero juiz.

E vocês pensam que é só isso? E o que dizer de nosso ministro da Justiça? Não sei o nome do advogado de Al Capone, mas tenho certeza de que ele se apoderou momentaneamente da alma de nosso bom Íris e levou-o a dizer coisas sobre a inevitabilidade do crime ou da fatalidade de certos tiros...

Ninguém (ou quase) está a salvo dos "chupa-almas". Vejam o caso de FH. Ao assumir a Presidência, era um sociólogo respeitado e provavelmente a figura mais preparada para exercer o cargo que o Brasil já teve. E o que aconteceu? Em sua primeira noite no Alvorada foi incorporado por um "chupa-almas" maléfico e acordou sentindo-se o Dr. Pangloss. Adeus sociologia, esqueçam o que escreveu. Agora ele se dedica à "metapsicoteologocosmonigologia". O princípio dessa ciência, desenvolvida por esse personagem de Voltaire, reza o seguinte: "É demonstrado que as coisas não podem ser de modo diferente: pois já que tudo é criado para um fim, tudo o é necessariamente para o melhor dos fins no melhor dos mundos."

Em poucas palavras, é fácil governar o Brasil, os pobres foram criados para comer frango e só por isso é que o frango existe. No mais, tudo vai bem e irá ainda melhor, pois não pode ser de outro jeito. O resto é fracassomania, neobobismo, matutice e outros mimos...

Nem espíritos iluminados como São Francisco escapam desse fluidos malignos. Nas duas vezes em que tentou voltar à Terra, o pobre (literalmente) santo se deu mal. Na primeira, foi aterrissar no Robertão (lembram?) e daí esculhambou-se a máxima franciscana de que "é dando que se recebe". (O santo jura que ao fazer a frase não imaginou a existência do "Centrão".) Mais tarde, quando o próprio Robertão desencarnou, o santo voltou a tentar e deu com os costados na compra de votos para reeleição.

Querem mais provas de coisas estranhas, de espíritos possuídos? Lembrem-se do ministro dos Transportes olhando para o Pelé como matéria-prima para resolver os problemas das estradas brasileiras. Olhem para o Collor, vejam os olhos dele, e digam-me se não é alguém possuído pelo espírito de... do... Não ouso nem dizer o seu nome, toc! toc! toc! xô! xô! isola! E o Serjão? Vejam o Enéas. O "chupa-almas" dele tem bem menos pêlo na cara, para ser mais exato, apenas um bigodinho estreito bem embaixo do nariz. E o Lula? Lembram quando ele era a opção para ser feliz? O que aconteceu com o Lula? Hoje a alegria foi embora e ele aparece amargurado, ressentido, em meio a uma invasão de espíritos canibais que estão comendo o PT por dentro. Mas isso não é novidade na esquerda...

O único que parece imune ao "chupa-almas" é o ACM. Esse encarna nos outros.

Esse vai-e-vem de almas é tão evidente que já existem até psiquiatras nos convencendo de que tivemos vidas passadas e podemos regredir a elas. Um deles, um americano, o Dr. Brian Weiss, andou recentemente pelo Rio e seus livros sobre regressão vendem que nem pão quente. Animado, fui ver o médico. Afinal, sempre me perguntei como os seis bilhões de humanos que somos podemos ter vidas passadas se nunca houve tanta gente ao mesmo tempo sobre a Terra? A não ser que continuem se fabricando almas (e nesse caso não haveria regressão, já que a alma seria zero quilômetro, com cheiro de carro novo e ainda na garantia da fábrica), existem almas compartilhadas como certas linhas da Telerj.

Fui lá, disposto a esclarecer de vez o mistério, e descobri que em outra encarnação vivia na Inglaterra e tinha uma enorme dificuldade para escapar do constante assédio feminino. Eram mulheres de todos os tipos, lindas, feias, altas, pequenas, suaves, histéricas, todas me desejando, loucas por mim. Don Juan perto de mim era um asceta! Acordei sem entender nada, ainda mais porque era descrito como um sujeito branco, caladão e frio...

Poucos dias depois, lendo o jornal, mais uma vez entendi tudo. Estava lá, escrito sob o título "Inglesas amam suas geladeiras: Uma geladeira é mais útil que um homem. Esta é a opinião de 87% das mil mulheres inglesas entrevistadas pelo Serviço de Informação sobre Alimentos Congelados. De acordo com a pesquisa, o eletrodoméstico, além de conservar alimentos, serve para guardar meias, CDs e até dinheiro". Pronto! Eis a resposta! Fui uma geladeira em outra encarnação muito divertida. Quero meu compressor de volta!

Impressões de uma péssima educação

(O GLOBO — 7 DE NOVEMBRO DE 1997)

"Os cristãos que cedem ao antijudaísmo ofendem a Deus, e à própria Igreja."

Leio no jornal a frase capital, resultado de um simpósio que reuniu sessenta estudiosos, cardeais e bispos católicos para analisar o papel da Igreja em face do anti-semitismo e suas trágicas conseqüências, notadamente durante a Segunda Guerra Mundial.

Até que enfim! *Roma locuta!* Agora só falta pedir desculpas pela ação e pela omissão.*

Em geral, quando nos deparamos com questões como o anti-semitismo, tendemos a colocá-las num patamar abstrato, um plano da grande História, algo que não nos diz respeito ou, se diz, diz por alto, diz por ouvir dizer. Uma brincadeira. Não nos atinge. Nada temos a ver com isso. Ou senão, somos anti-semitas mesmo.

No meu caso, acho que alguém me deve uma explicação por algo que me aconteceu há muito tempo e que

---

*Posteriormente, o Papa João Paulo II pediu as devidas desculpas.

só redescobri quando, cheio de nostalgia, achei um velho livro empoeirado em minha biblioteca.

A capa, azul e vermelha, ostenta um brasão enegrecido onde é possível ler: "Prêmio do Colégio São Bento de São Paulo." Abro-o e vejo o meu nome, em caligrafia gótica, na primeira folha: "Prêmio de fim de ano letivo merecido pelo aluno Fritz Carl Utzeri" e uma data: 28 de novembro de 1955. Há 42 anos! Tinha apenas dez quando ganhei o livrinho que ora reencontro. Um prêmio de religião! Vou à segunda página e vejo que o volume é mais antigo ainda, de 1938. Foi escrito por um padre, Carlos José Rinaldi. O nome do livro? *Tobias, o heróico amiguinho de Jesus*. A obra fazia parte de uma coleção chamada "Jesus e as crianças", editada pelos salesianos.

Penso com vaga melancolia nos tempos em que ainda era um menino crente, temente e devoto. Viro a página e encontro uma dedicatória de São Pio X elogiando o livro, qualificado de "belo trabalho". O papa escreve desejando: "Que estas leituras sejam acolhidas com júbilo no seio das famílias cristãs e sirvam a formar os jovenzinhos na piedade, na virtude e no amor a nosso Santíssimo Redentor" e dá a sua bênção a quem "acolher como um tesouro esta mimosa publicação".

"Tobias?", pergunto mentalmente enquanto folheio mais uma página da "mimosa publicação" e dou de cara com o capítulo I: "Impressões de uma péssima educação". E, sem qualquer rodeio, sou introduzido direto à infâmia. Não é possível que mãos religiosas tenham dado tal livro a uma criança de dez anos e ainda mais com bênção do papa! Vejam os dois primeiros parágrafos da obra abençoada: "Tobias é um petizinho de seus oito anos e meio, filho de hebreus, educado pelo senhor Zacarias, seu pai, desde a mais tenra infância no mais descabido e assanhado ódio contra o divino crucificado. Para aquele homem, Jesus de Nazaré, que acabou a vida num infame patíbulo, era um intrujão, enganador, que ia tramando ardilosos enredos contra a grandeza e felicidade da Nação. Por esse motivo fora o Nazareno justamente entregue pelo benemérito patriota Judas Iscariotes às mãos dos príncipes dos sacerdotes, os quais, de acordo com a Sinagoga, alcançaram de Pilatos que o mandasse crucificar. Naquele suplício morreu desesperado, entre os mais atrozes tormentos, feito alvo das maldições de todo o povo judeu, ao qual ele havia tão vilmente procurado seduzir e atraiçoar."

E continua: "Tais eram os ensinamentos que o pobrezinho do Tobias ouvia quase todos os dias, recontados com satânica eloqüência pelo seu pai. A princípio, ao pequenito arrepiavam-se naturalmente as carnes, tomado de horror só com a vista de um crucifixo e a conseqüência lógica de tudo isso era ter em conta de inimigos de sua Nação todos aqueles que honravam o divino crucificado..."

O livro prossegue narrando a conversão da mãe de Tobias e o crescente amor do menino pelo Nazareno, resistindo à tirania e à vilania de um pai que o mandava cuspir no crucifixo e chegava a interná-lo num colégio (protestante!) para impedir que se convertesse à fé cristã.

No fim, após muito sofrimento e manobras cavilosas de Zacarias, todos acabam cristãos e a caminho do céu, mas sou capaz de jurar que *Tobias, o heróico amiguinho de Jesus* é um dos livros mais infames que já li. Se a intenção dos que visavam premiar e moldar a criança que fui era introduzir conceitos anti-semitas tão escancarados em minha mente ainda verde, pergunto-me por que não distribuíam logo o *Mein Kampf* a quem se distinguisse em religião?

A tese central de *Tobias* não é o extermínio físico do judeu. O que se propõe é exterminar, riscar do mapa sua cultura e sua religião, apresentadas como nocivas. Quem lê o livro tem a impressão que os adeptos da religião de Abraão e Moisés passam os dias a amaldiçoar Jesus e a fazer do anticristianismo uma obsessão, o que não passa de uma mentira, uma grosseira mistificação.

O pior é que devo ter lido o satânico livrinho, mas graças ao bom Deus os conceitos ali emitidos não encontraram guarida em minha alma. Que tipo de ser humano eu seria se tal leitura me tivesse seduzido e dado frutos? E se dessa espécie de livros resultasse um Fritz capaz de achar que os judeus têm o perfil descrito em *Tobias*?

Quando criança sempre gostei de ler e sempre estudei em colégios religiosos. A lista de livros proibidos pelos padres era enorme. Em Roma imperava ainda o sinistro *Index librorum prohibitorum*, determinando o que os católicos podiam ler ou não. Resultado? Todos nós líamos escondidos livros como *A carne*, *O amante de Lady Chatterley* e *O crime do padre Amaro*, fora os "catecismos" do Carlos Zéfiro que não eram propriamente lidos. Mas o livro mais importante que li em minha adolescência de leitor clandestino, e que me deu o norte que sigo até hoje, foi *Germinal*, de Émile Zola. Li às escondidas no Colégio São Vicente, em Petrópolis. Zola e os escritores franceses em geral, com exceção dos Dumas (pai e filho), eram considerados diabólicos, começando por Voltaire, o diabo em pessoa! (Entre os brasileiros até Monteiro Lobato era desaconselhado. Jorge Amado, então!...)

Se me pegassem lendo Zola estaria frito. Corri o risco e não me arrependi. Até hoje meu coração está com os mineiros explorados e revoltados de Voreux, com a pobre Catherine e sua morte horrível, e com Etienne, apesar de suas fraquezas e de seu crime.

Quando arriscava as minhas leituras, o papa era Pio XII, o mesmo que é acusado de omissão ante o Holocausto do povo judeu. Quando *Tobias* foi escrito, Hitler estava no poder há três anos e já havia publicado as infames leis de Nuremberg, marco inicial do extermínio dos judeus. Quando ganhei o livrinho haviam decorrido apenas dez anos da plena revelação da barbárie nazista.

Foi a partir de João XXIII, este sim um santo, que essa visão profundamente anti-semita, antiprotestante, antimaçônica e até anti-revolução francesa da Igreja começou a mudar. Na declaração *Nostra Aetate* (Nosso Tempo) publicada durante o Concílio Vaticano II, em 1965, a Igreja pela primeira vez admitia a possibilidade de ter sido injusta com os judeus.

Lembro-me — ainda no São Vicente — da mistura de medo e fascinação que sentia ao passar diante de uma loja maçônica, em Petrópolis. Lindos canteiros de hortênsias enfeitavam o terreno da loja, mas imaginava os rituais terríveis que se praticariam ali, ao mesmo tempo em que meus livros de cabeceira eram *Quo Vadis?* e *Fabíola*, apologias de martírios que me torturavam a alma. Não guardo boas lembranças disso tudo e vejo com tristeza que nem tudo desapareceu apesar do *aggiornamento* promovido pelo Vaticano II, Leonardo Boff que o diga...

É verdade que a Igreja abriu-se e arejou-se e, mesmo se ainda é vista por muitos como retrógrada em face de muitas questões e desafios da vida moderna, uma atitude de maior compreensão tem transformado pouco a pouco a percepção dos cristãos a respeito dos outros.

Hoje, embora não fazendo mais parte do rebanho, reconheço que Jesus, mesmo mal interpretado às vezes, foi marcante o suficiente para me ensinar a lição de não discriminar, de aceitar e até de amar a diferença. Judeus, cristãos, espíritas ou incréus, somos todos irmãos. E nisso, pelo menos, melhoramos muito desde o tempo em que *Tobias* era considerado pelo papa uma leitura destinada a formar as nossas consciências.

Pare de me chamar de diabo!

(O GLOBO — 17 DE FEVEREIRO DE 1998)

Li em *O Globo* que a Igreja Anglicana criou uma nova versão para o Pai-Nosso. Copidescaram o Cristo! A novidade é a substituição do fecho da oração: "não nos deixes cair em tentação, mas livrai-nos do mal" por "salvai-nos das horas de tribulação e livrai-nos do mal".

O que há de errado com a boa e velha tentação? Pelo Aurélio, tentação é uma disposição de ânimo para a prática de coisas diferentes ou censuráveis, ou mais sucintamente "perdição". É a porta aberta para outra palavra que a aridez do politicamente correto detesta: o pecado. Há algo mais rico de sentido e de imaginação do que a palavra pecado? E quando é mortal, já pensaram? Pecado mortal! Tribulação é outra coisa, é apenas uma adversidade ou uma contrariedade.

O copidesque politicamente correto é sempre de uma burrice extrema. Quem imaginar que a tentação é uma adversidade, nunca teve um diabinho assoprando-lhe nos ouvidos coisas impublicáveis nestas folhas e que levavam direto ao prazer primeiro e, só mais tarde, ao confessionário. A contrariedade (o arrependimento) vinha depois:

"juro que nunca mais faço isso...", e a tribulação, a adversidade, o inferno, só chegariam se não houvesse arrependimento registrado em cartório: "Eu, pecador, me confesso..."

Mas não é a primeira vez que mexem no Pai-Nosso, a começar pelo nome. Quando era ainda um petiz (e devoto), aprendi a oração com o nome de Padre-Nosso. Mas havia um trecho que rezava assim: "perdoai as nossas dívidas, assim como nós perdoamos aos nossos devedores". Vou ao latim, lá está *debita* e *debitoribus*, é isso mesmo, dívida e devedores. Provavelmente antecipando a globalização e as sucessivas crises da dívida dos países em desenvolvimento, as bolsas e o escambau, os copidesques do Divino resolveram trocar a dívida por ofensas e ficou assim: "perdoai as nossas ofensas, assim como perdoamos aos que nos têm ofendido".

Afinal, devem ter alegado os copidesques, Jesus era apenas um carpinteiro, filho de Deus, e não poderia mesmo adivinhar as complexidades do mundo financeiro atual. Não fosse o Padre, perdão... Pai-Nosso dar aos fiéis idéias de moratória e perdão da dívida, expressões capazes de levar ao caos o sacrossanto sistema financeiro internacional e o seu sumo pontífice, o FMI.

E já que estamos mexendo na oração que o Cristo nos ensinou, que tal ir um pouco além? (Ah, o diabinho de volta!) Prestem atenção neste trecho: "...o pão nosso de cada dia..." Esse pedaço deveria ser rezado só com um aviso assim: "O Ministério da Saúde adverte: pão engorda e pode fazer mal à sua saúde."

Ficaria estranho, não é? Mas o fato é que eu, que sou gordinho, vivo em guerra com o pão. Meu médico me diz dezenas de vezes por ano (e minha mulher, milhares) que devo evitá-lo como o diabo foge da cruz (ele de novo!). Tento me fortalecer na oração e lá vem o meu pão de cada dia. Caio em tentação na mesma hora. Aos cinqüenta, um pãozinho quente pode ser tão afrodisíaco como era a Elizabeth Taylor da minha adolescência... Não resisto e como uma baguete. Lá vou eu, desta vez direto para a tribulação... Estou perdido!

E, radicalizando ainda mais, que tal abolir simplesmente o Pai-Nosso? É sexista, machista. Quem disse que Deus é pai? Já circulam nos Estados Unidos e até no Brasil — há alguns anos — Bíblias onde o Pai eterno virou um hermafrodita, Pai-Mãe, desde o Gênese. Então vamos lá: "Pai-Mãe Nosso..." ou "Mãe-Pai Nosso" (ou seria nossa? Afinal, por que na língua o gênero masculino deve predominar?). Orações politicamente corretas devem ser ótimas para ajudar as crianças a estabelecer e fortalecer a sua identidade... A solução mais sábia talvez seja fazer como os franceses que criaram o *messieurdames*, literalmente, "senhoresessenhoras", usado para se cumprimentar todo mundo ao chegar num ambiente onde haja homens e mulheres.

"Pobre Jesus", penso e imediatamente o diabinho volta a atacar: "Pobre nada!" Veja o Sermão da Montanha, por exemplo: "'Bem-aventurados os pobres de espírito.' Você não acha que precisa urgente de um copidesque?"

"Pobres de espírito... que coisa antiga! Não ficaria melhor assim: 'Bem aventurados os carentes de cidadania'? E já que estamos falando nisso, pare de me chamar de diabo, que diabo! Sou apenas um anjo prejudicado!"

Vade retro!

(JB — 28 DE JANEIRO DE 1999)

"*Vade retro, Satanás!*"
"O quê?"
"*Vade retro*, te esconjuro, te exorcizo, espírito imundo, príncipe das trevas, fonte de todo o mal, Satanás, Asmodeu, Belzebu, te ordeno, em nome de Deus, abandona esta alma..."
"Queira perdoar? O que está dizendo?"
"Qual é, pô! Ficou surdo?"
"Não, senhor, mas não entendo o que está acontecendo com o senhor. O senhor está se sentindo bem? Por acaso ficou maluco?"

O exorcista, paralisado pela surpresa, não entendia mais nada. Suado, descabelado, com os olhos esbugalhados e a batina em desalinho, segurava um balde com água benta e uma cruz que brandia como uma espada.

À sua frente estava um senhor calmo, de cabelos grisalhos, ar de executivo, terno Armani cinza impecavelmente cortado, relógio Bulgari e sapatos *made in Italy* segurando uma elegante pasta de executivo do melhor couro, na qual um discreto tridente em ouro identificava o seu portador e sua empresa. Um outro detalhe chamava a atenção, duas entradas na fronte, uma calvície anunciada permitindo ver duas pequenas bossas na testa, muito discretas. Os olhos eram azuis com reflexos dourados e o sorriso era cativante, diabólico... perdão!, essa expressão não se usa mais.

"Mas quem é você, afinal?", perguntou o exorcista rendendo-se ao sorriso diab... (epa!) da criatura.

"É uma longa história, meu filho, e começou na noite dos tempos. Eu me chamava Lúcifer, mas era conhecido como o Anjo da Luz e trabalhava na corporação do Altíssimo. Eu era o seu braço direito, mas era também ambicioso e queria porque queria o lugar do Patrão. Adiantei-me no tempo, o capitalismo não havia sido inventado ainda e cometi um erro. Julguei ser possível um *take over* do Paraíso e me dei mal. Fui dar com os costados no Inferno, desempregado, sem fundo de garantia, sem *love letter* ou o que quer que fosse. Justa causa, entende?

"O mal veio para o bem (ou será o contrário?). Eu tinha imaginação e como o momento era de crise aproveitei e fundei a minha própria empresa. Foi um sucesso imediato! Adotei um *look* bem diferente, arranjei 171 nomes e desfilava de chifrões, pele vermelha com escamas, capa preta, asas de morcego, cauda de dragão e botava pra quebrar. No carnaval era um arraso!"

"Não brinca...", balbuciou o exorcista, deixando cair o balde.

"Não estou brincando! O Inferno estava na maior moda! Eu e meu ex-Patrão entramos num acordo e, apesar de nossas diferenças irreconciliáveis, dividimos o mercado e passamos uma eternidade disputando, palmo a palmo, as almas de cada um de vocês.

"Aqueles é que eram bons tempos! Devo confessar (detesto essa palavra!) que levava uma vantagem danada! Bastava olhar para o mundo e ver como eu estava ganhando, ou você acha que a economia brasileira, só para dar um exemplo, pode ser obra de meu ex-Patrão?

"Em certa época até queimavam quem achavam possuído por mim. O aperitivo, a fogueira, já era por minha conta e tudo ia no melhor (pior?) dos mundos quando chegaram os tempos modernos e o maldito materialismo."

"O materialismo? Mas pera lá, você não é o Diabo?"

"E daí? o que você acha que é a matéria-prima de meu negócio? Alma é o quê? Matéria?"

"Tá certo...", constatou o exorcista, encostando o crucifixo num canto.

"Como disse, com o século XX comecei a ver muita concorrência aqui mesmo na Terra. Ninguém acreditava mais em mim e — pior — os homens passaram a fazer tantas barbaridades que fiquei horrorizado, imagine! Quem ia se preocupar com o diabo num mundo que conheceu, num mesmo século, Hitler, Stalin e Pol Pot, só para citar três. Eu estava fora de moda, o meu negócio tinha sido industrializado e mesmo em meus melhores (piores?) devaneios não imaginava ir tão longe.

"Conclusão: ninguém mais acredita em mim, não me respeitam mais. Até o título de príncipe das trevas estão querendo me tirar. Virei caso psiquiátrico, veja só! Eu, Lúcifer, o Anjo da Luz, me transformei em mera causa do mal. Ora, causa do mal pode ser até a variação da banda cambial! Pior ainda, tornei-me uma esquizofrenia paranóide, uma neurose traumática, uma alucinação... Conclusão: desisti! Fechei o inferno e abri um novo negócio aqui na Terra e estou indo muito bem, graças a De... (Opa! Quase me escapa!). Já tenho mais de dois milhões de vidas."

"O que você faz?", perguntou o exorcista, benzendo-se.

"Vendo planos de saúde, quer comprar um?"

Inimigos do Brasil

(JB — 2 DE FEVEREIRO DE 1999)

É estranho chegar à idade madura e constatar que fomos e somos acusados pelas mazelas que afetam o Brasil. Ao que parece, eu e minha mulher passamos nossas vidas fazendo todo o possível para acabar com este país. Por princípio, nunca simpatizamos com o FMI, que chamávamos de Fome e Miséria Internacional, nos idos dos anos 60, pelo visto mais uma prova de nossa índole má e de ingratidão com esse Fundo que tão bem tem zelado por nós.

O primeiro inimigo do Brasil fui eu. Em 68 os militares decretavam o AI-5 e eu era um quartanista de medicina e estagiário no *Jornal do Brasil*. Era o que os poderosos de então chamavam de "mau brasileiro", ou melhor, me manifestava contra o autoritarismo vigente mas não era nem brasileiro. Era cidadão italiano, estava sendo processado pela 2ª Auditoria de Aeronáutica e queria ser jornalista.

Meu crime era, ao que tudo indica, hediondo. Eu, então um estudante magricela de 57 quilos, óculos de tartaruga e fracote, que nunca dera um tiro na vida, estava sendo acusado pelo regime militar de "tentar dividir as Forças Armadas". Participava do movimento estudantil e basicamente queria o que continuo querendo até hoje, um mundo mais justo e mais fraterno, prova final de minha incorrigibilidade.

Um brigadeiro truculento pediu 25 anos de prisão para mim e, ao ser interrogado durante oito horas seguidas no Galeão por um certo Coronel Rangel (nenhuma violência), expliquei pacientemente que não conseguia entender como poderia constituir a mais remota ameaça às nossas gloriosas Forças Armadas. E anunciei: "Estou me naturalizando brasileiro!"

Aquilo apanhou boa parte de meus amigos (e, acredito, alguns militares) de surpresa. "Você ficou maluco?", me perguntavam, "vai abrir mão da proteção de sua embaixada? Você acaba preso ou morto", e aconselhavam-me a dar o fora ou cair na clandestinidade. Não fiz uma coisa nem outra. Resolvi que aqui vivia desde menino e que aqui era o meu lar, minha pátria, minha raiz e, como o Brasil é mesmo um país estranho, acabei naturalizado por decreto especial da junta militar (os Três Patetas), com alguma pressão do JB, enquanto a Aeronáutica continuava querendo ver-me, e mais nove alunos da Faculdade de Ciências Médicas da então UEG, atrás das grades.

A sorte é que o juiz togado Teódulo Miranda era uma pessoa íntegra e, ao perceber que o truculento brigadeiro pedia nossa prisão com base em nova lei de segurança que havia sido imposta algum tempo antes, mas posteriormente à nossa suposta tentativa de criar um cisma militar, escreveu na folha de rosto do processo em letras vermelhas e garrafais: "Burro! A lei não retroage." Pela lei antiga, a punição pelo nosso crime era muito mais branda. E assim eu e meus companheiros de IPM escapamos, absolvidos pela auditoria militar. Absolvidos, mas não convencidos. Durante meses só chegávamos em casa de madrugada e só entrávamos depois de dar voltas e voltas no quarteirão e de ter certeza de que não havia ninguém à espreita. É que amigos nossos continuavam "caindo", um eufemismo da época para 'sendo presos'.

Nessa época, minha mulher também já estava em plena atividade criminosa. Trabalhava no Instituto Osvaldo Cruz e dedicava-se a um pequeno parasita, um protozoário (animal de uma única célula) que causa uma das maiores endemias do Brasil, a doença de Chagas, que afeta cerca de dez milhões de brasileiros. A manipulação do bichinho que causa o mal é extremamente perigosa. Qualquer contaminação é um problema, pois a doença ainda não tem cura. Foram 34 anos de trabalho contínuo, em Manguinhos, na UFRJ, em duas universidades americanas, a New York University e a Rockefeller, e no Instituto Pasteur, em Paris. Nos últimos anos, cansada e desanimada com as condições cada vez piores de pesquisa no Brasil, resolveu aposentar-se.

Aposentou-se com R$ 3.600,00, dos quais desconta um plano de saúde (pois o governo jamais se ocupou satisfatoriamente do item Saúde Pública) e o imposto de renda, restando-lhe R$ 2.500,00. Agora o governo garfa-lhe R$ 600,00, deixando-a com R$ 1.900,00, líquidos, sob a alegação de que ela e os membros dessa quadrilha de inativos que explora o país são os responsáveis pelo desequilíbrio fiscal, pela crise das bolsas na Ásia, pela desconfiança e fuga desses abençoados "investidores internacionais", esses sim "amigos do peito" do Brasil. É para eles que o Governo olha com zelo e dedicação e não para criminosos como nós que nos limitamos a trabalhar e pagar impostos sem qualquer esperança de retorno em forma de escolas, hospitais, segurança...

O que tem a ver uma história com a outra? A meu ver, há um dado preocupante que mostra que o país piorou, apesar de jurarem que vivemos num regime democrático. Nos tempos do autoritarismo militar um juiz íntegro escreveu "burro" na capa de um processo e lembrou ao tirano de plantão que mesmo com quase todas as garantias cerceadas (o AI-5 estava em pleno vigor), havia um limite além do qual ao autocrata não era permitido avançar: "a lei não retroage".

Por princípio, até concordo que o processo de aposentadoria dos funcionários públicos é injusto quando comparado ao de nós mortais contribuintes do INSS, mas esse está longe de ser o maior problema da Previdência e qualquer correção deveria resguardar os direitos adquiridos e passa a valer a partir da data de sua vigência e não retroagir. Equiparar a aposentadoria de minha mulher e de milhares de outros funcionários dedicados a coronéis da PM de Alagoas é simplesmente um escárnio.

Além disso, o governo vem impedindo que a criminosa de minha mulher e os membros da gangue de funcionários, ativos e inativos, tenham corrigidos os seus salários há mais de quatro anos. E, como se não bastasse, insiste em não pagar-lhes a reposição do plano Bresser que os funcionários da "quadrilha" da Manguinhos ganharam na Justiça até a última instância, mas que o Governo Federal ignora olimpicamente.

Imaginem se as autoridades (?) decidissem acatar a sentença da Justiça e devolvessem o dinheiro que tomaram dos servidores. As bolsas de Mercúrio e de Júpiter iam desabar, os capitais voláteis iam pro espaço e Plutão iria fazer companhia ao Fluminense na terceirona.

Eu não sei não, mas acho que em matéria de autoritarismo as coisas não mudaram tanto assim no Brasil. Talvez tenham até piorado neste desmonte de cidadania sem precedentes a que assistimos. Será que existe, hoje, apenas um juiz íntegro para escrever a palavra "Burro" (ou outra mais adequada), em vermelho e em letras garrafais, sempre que o direito for atropelado?

A vida é bela?

(JB — 1º DE MARÇO DE 1999)

Um monte de amigos, muitos judeus, vivem me recomendando o filme *A vida é bela* e se escandalizam quando não demonstro a menor intenção de ir vê-lo. "Você não pode não ver e não gostar", tenho ouvido repetidamente. Posso, sim, e não vou ver o filme, por mais que o embrulhem em papel celofane perfume. Não vou ver e pronto! Meus motivos? É uma longa história.

Nasci na Alemanha, nos estertores da Segunda Guerra Mundial. Corria o mês de janeiro de 1945. Meu pai, um soldado alemão, morrera em setembro na Polônia atingido por um obus. Dele só tenho alguns retratos e correspondência apaixonada que trocou com minha mãe enquanto o mundo desabava à volta deles. Estranha sensação! É estranho ter uma suástica em sua certidão de nascimento, ser filho de soldado alemão e ter vivido a infância toda vendo filmes de guerra em que o pai ausente luta do lado dos bandidos.

Mais perturbador ainda foi tomar conhecimento do resultado da criminosa ideologia nazista da raça pura, dos crimes contra os judeus, contra os russos, ciganos, poloneses e tantos outros. Batalhões SS em passo de ganso, campos de concentração, câmaras de gás, Auschwitz, trens da morte, essas imagens povoaram minha adolescência e lia furiosamente tudo que me caía nas mãos sobre o nazismo e os nazistas. À medida que aprendia e entendia, o horror aumentava e, inseguro, perguntava, como pergunto até hoje, mentalmente, quando vejo um alemão velho: "O que você estava fazendo entre 1933 e 1945?"

Essa pergunta faço-a em silêncio a meu pai, embora minha mãe vivesse dizendo que ele não era nazista; era um soldado comum como milhões de jovens alemães levados pela maré da história, um simples batedor do exército, um motociclista, daqueles com *side-car* que vivem indo pelos ares nos filmes de Hollywood. O velho (que nunca chegou a ficar velho), ao que parece, tinha lá suas reticências pelo menos quanto à estética oficial. Uma delas era gostar de jazz, um crime para os padrões alemães de então. Essa música era considerada degenerada, decadente, derrotista, de negros e judeus, aos olhos do credo nazista. Ele conseguia, Deus sabe como, esconder uma pequena vitrola e uma magra coleção de discos de jazz entre os seus pertences na moto. Não consigo imaginar um nazista gostando de jazz e isso me tranqüiliza.

Mas o que teria visto? Certa vez contou à minha mãe que um colega de regimento enlouquecera porque vira "coisas horríveis" no *front*. Não se falava sobre isso na Alemanha daqueles tempos. Que coisas? É sabido que os nazistas consideravam os russos, *üntermenschen*, ou seja, subumanos e escravos, e não havia qualquer problema em enforcar ou fuzilar aldeias inteiras se um só soldado alemão fosse morto por um *partisan*, não se poupando sequer mulheres e crianças.

O que me angustia é uma pergunta que me faço constantemente. Sei que jamais entraria para uma SS, por exemplo, mas, como homem comum ou soldado, seria capaz de matar um inocente, uma criança, para salvar a minha vida se alguém me apontasse um arma e me mandasse atirar? Nesses momentos gosto de me imaginar morrendo como um homem digno, mas será que na hora H seremos tão corajosos assim?

Tenho ódio ao nazismo e ao que representa. Quando era correspondente do *JB* em Paris, cobri o julgamento de Klaus Barbie, o carrasco de Lyon. Na ocasião, conheci o filósofo judeu Marek Halter, que definiu o nazismo como "o mal absoluto". Ele explicava que, ao longo de sua história e neste mesmo século, o homem conheceu várias ideologias e religiões que levaram a genocídios. Mas em todas sempre foi dada uma saída à vítima. Quando os cristãos perseguiam os judeus, estes tinham a possibilidade do batismo e os "cristãos-novos", judeus convertidos à força, não eram mais incomodados pelo opressor. Os turcos, lembrava Halter, seqüestravam os filhos dos cristãos e os transformavam nos janízaros, guardas do sultão, mais fanática e guerreira tropa muçulmana que já existiu.

Com os nazistas, pela primeira vez, não houve chance de perdão, de conversão, de resgate, nada! A morte assumiu proporções industriais e se um judeu quisesse ser nazista não poderia. Já estava condenado à morte no momento mesmo em que o óvulo da sua mãe recebesse o espermatozóide de seu pai. Não lhe era dada qualquer saída, salvo as chaminés dos campos de extermínio. Nestes, ao chegar, as crianças eram imediatamente selecionadas e mortas, ou entregues a criaturas (hesito em usar o termo homens) como o Dr. Mengele para "experiências científicas".

Sinto muito, mas carrego uma culpa enorme e perguntas demais sem resposta dentro de mim e não consigo me imaginar rindo do Holocausto, por mais bela e ingênua que seja a história que queiram me contar. Para mim não dá. Não vou ver o filme.

S.S. *Brazil*, o filme

(JB — 9 DE MARÇO DE 1999)

A bordo do S.S. *Brazil* passa de meia-noite. Nos salões iluminados todos se divertem. Na ponte, solitário, o comandante F. H. Smith contempla o mar escuro e tranqüilo.

"Comandante, recebemos notícias de que há *icebergs* na área. O H.M.S. *Titanic* colidiu com um e afundou", avisa o imediato.

"Bobagem! O *Brazil* não é o *Titanic*", responde, ríspido, e vai para o baile da primeira classe comemorar a sua recondução ao comando do navio. Meia hora depois, um ruído interrompe o baile e todos notam que o salão se inclina perigosamente. Nos porões, a água entra às toneladas pelo casco arrombado.

"Capitão, batemos num *iceberg* e estamos afundando!", grita um marinheiro.

"Calma, calma! Não vamos admitir fracassomaníacos neste navio. Nossas reservas ainda são altas e nada acontecerá", garante o comandante buscando imediatamente, pelo telégrafo, contatos com uma agência internacional que dá várias instruções e ordens, enquanto a água sobe cada vez mais, em meio ao pânico generalizado.

Alguns tripulantes instam F. H. Smith a agir.

"Precisamos aliviar o peso, cortar, usar a âncora, assim talvez flutuemos", sugere o contramestre.

"Boa idéia! Aliviar o peso! Mulheres e crianças da terceira classe primeiro!", ordena o comandante.

"Desculpe, senhor, mas se for para aliviar a carga não seria melhor atirar ao mar a bagagem da primeira classe?", pondera o comissário.

"Você ficou maluco? Se fizermos isso, perderemos a confiança desses passageiros, quase todos investidores internacionais. E aí, como fica? Mulheres e crianças primeiro!"

"O senhor sugere que os ponhamos nos botes? Não sei se há botes para todo mundo...", diz o comissário.

"Quem falou em botes? Joguem no mar!", responde o comandante, e afasta-se para o salão de *bridge*.

Cena final: os investidores dão o fora às pressas, levados por suas lanchas e iates, carregando o cofre do navio, enquanto o casco, adernado, submerge rapidamente. Gente em desespero disputa cada palmo do castelo da popa. Depois, o S.S. *Brazil* desaparece em meio a gritos de agonia.

As últimas imagens se apagam lentamente e no meio da tela aparece o letreiro:

FMI.

Fouquet

(JB — 15 DE MARÇO DE 1999)

Luís XIV ainda não era o Rei Sol, mas apenas um jovem monarca, e a França emergia de uma série de guerras desastrosas que obrigaram Sua Majestade a economizar a ponto de mandar derreter sua baixela de ouro para pagar as dívidas com os banqueiros internacionais — sempre eles! — que haviam financiado o conflito. O rei cortara na própria carne e nisso era certamente melhor que nossos atuais déspotas que se julgam esclarecidos. Mas o rei tinha um ministro da Fazenda, um certo Fouquet, que, em meio à crise, teve a idéia de construir um castelo: o De Vaux le Viscomte, nos arredores de Paris. É até hoje o mais belo da região, e o próprio rei se inspiraria nele mais tarde quando construísse Versalhes.

Para a inauguração do chatô, Fouquet convidou *le tout Paris* e, como não podia deixar de ser, o rei e sua mãe, Ana d'Áustria. A festa foi de arromba: peças de teatro, jogos, baile, música, brindes, fontes iluminadas e fogos de artifício a granel, tudo — estamos na França — coroado por um banquete celestial. Luís XIV empalideceu quando viu a baixela que lhe fora destinada: ouro maciço!

Revoltou-se, quis prender o ministro ali mesmo, mas a mãe o convenceu a esperar.

"Deixa disso agora, meu filho, a vida no palácio anda tão sem graça e esta festa está o máximo!"

"Tá bom, mãe, mas amanhã mesmo prendo esse desgraçado!" Eles não falaram exatamente assim, era um tal de "*sire*" para cá e "*madame*" para lá, mas no dia seguinte Fouquet acordou com uma ordem de prisão e uma tropa de mosqueteiros à sua porta, e foi direto para a fortaleza de Vincennes, onde passou o resto da vida numa cela de nove metros quadrados e seis de altura, com um buraco no alto por onde entrava uma réstia de luz.

Fouquet sustentou ser inocente até o fim de seus dias, mas o rei, apesar de pedidos insistentes dos amigos do ministro, entre os quais La Fontaine, o das fábulas, nunca o perdoou, nem pela simples ostentação, num momento em que se pediam sacrifícios aos franceses. Ambos, o castelo e a cela, ainda estão lá e dá para visitar num dia.

Moral da história?

Houve momentos em que até o absolutismo acertou.

Naturalizado ou desnaturado?

(JB — 29 DE MARÇO DE 1999)

Fiquei sentido com a manifestação de sindicalistas protestando contra a nomeação de Henri Philippe Reichstul para a presidência da Petrobras. O protesto atribuía-lhe a intenção de vender a empresa apenas por ser brasileiro naturalizado. Não vou entrar em considerações sobre as intenções do Sr. Reichstul (provavelmente os sindicalistas estão certos), mas como brasileiro naturalizado mais uma vez me senti um cidadão de segunda categoria.

O legislador, xenófobo, que nos dividiu entre natos e naturalizados, atribuiu-nos uma intenção permanente de trair o país. O cidadão naturalizado seria, por sua natureza e origem, um indivíduo compulsivo e perigoso que deve ser observado e impedido de fazer certas coisas que podem pôr em risco a soberania. É como se o Brasil não encontrasse razões para entender por que alguém ia querer ser brasileiro.

Velha prática brasileira (nata) essa de considerar *a priori* todo mundo criminoso ou mal-intencionado. Os naturalizados não podem ser oficiais das Forças Armadas, não podem ser donos de meios de comunicação ou sequer capitães de navios de cabotagem. Somos subcidadãos. Ser presidente da República? Nem pensar! Venderíamos o Brasil e o entregaríamos rapidinho ao nosso país de origem, como se em matéria de entregar o país, explorá-lo e desamá-lo, os brasileiros natos precisassem de nossa ajuda...

Quantos imigrantes tocados por guerras, fome e dificuldades não vieram para este país em busca da oportunidade e aqui constituíram família, geraram riqueza e fixaram raízes? Milhões se naturalizaram, porque viram aqui a sua nova pátria. Escolheram o Brasil, não nasceram nele por acaso. Mas a cidadania plena sempre foi-lhes negada, mesmo tendo-se casado aqui, tido filhos e netos, continuavam e continuam suspeitos aos olhos da lei.

Mas como, nato, naturalizado ou desnaturado, o Brasil não parece ter jeito mesmo, conformo-me e lembro ao ministro Malan que estou disposto a aceitar a Caixa Econômica, o Banco do Brasil ou o setor elétrico. Prometo vender bem baratinho...

Marketing

(JB — 5 DE ABRIL DE 1999)

Conta a Bíblia que Deus, numa de suas periódicas crises de arrependimento por ter criado o homem, resolveu arrasar as cidades de Sodoma e Gomorra, que tinham se tornado antros de pecado e vício. Antes de mandar fogo, Deus resolveu conversar com Abraão e disse que se encontrasse cinqüenta justos pouparia a cidade. Abraão, como bom pai dos judeus e árabes, foi pechinchando e conseguiu baixar para dez justos. Se houvesse apenas dez justos em Sodoma e Gomorra, as cidades seriam poupadas.

No mesmo dia, dois anjos visitaram as cidades e só conseguiram achar um justo, Lot, que tinha mulher e duas filhas, e morava em Sodoma. A presença dos anjos, jovens rapazes de extrema beleza, fez furor e os habitantes da cidade cercaram a casa de Lot, exigindo-lhe que entregasse os anjos.

"Vão embora! Anjo não tem sexo!", disse Lot aos tarados.

"Você é que pensa! Anjo é ótimo! Queremos os anjos!", responderam os habitantes de Sodoma. A Bíblia não entra em detalhes sobre esse diálogo, mas informa que

Lot chegou a sugerir que tomassem suas filhas virgens e abusassem delas, mas que não tocassem nos jovens que eram seus hóspedes.

O resto da história é conhecido: os sitiantes da casa ficam cegos, Lot, sua mulher e filhas dão o fora de Sodoma, que é destruída, juntamente com Gomorra. A mulher de Lot, contrariando as ordens dos anjos, olha para trás e é transformada numa estátua de sal...

O que a Bíblia não conta é que Lot era um grande marqueteiro. Graças a ele, Sodoma, tão devassa e pecadora quanto Gomorra, ficou famosa. Sabemos tudo sobre Sodoma, até o nome da perversão favorita da cidade: a sodomia.

E Gomorra? Nada se sabe sobre a outra capital do pecado. Ela foi arrasada ao mesmo tempo que Sodoma, mas seus vícios tornaram-se um dos mistérios da humanidade.

Ou, por acaso, alguém por aí sabe o que é gomorria?

O gene do farol aceso

(JB — 19 DE ABRIL DE 1999)

No Brasil somos maníacos ao volante, atravessamos o sinal vermelho, paramos o carro sobre as calçadas, viajamos pelo acostamento em estradas, colamos na traseira de outros veículos e aproveitamos o vácuo para pedir passagem piscando os faróis, buzinando e ignorando solenemente limites de velocidade e leis do trânsito. Se uma velhinha cometer a imprudência de estar na trajetória de um automóvel, o motorista provavelmente acelerará e apertará a buzina com fúria assassina. Se der, deu. Se não der, a velhinha voará pelos ares e o motorista acompanhará sua trajetória balística pelo retrovisor. Socorrer? Nem pensar!

Mas há um mistério no trânsito, inexplicado, que ignora barreiras sociais, étnicas, religiosas e não distingue sequer motoristas de pedestres, tradicionais inimigos. O motorista distraído vem com o seu carro, tranqüilamente, pela rua, quando um mendigo sai correndo pela calçada e faz sinal desesperado unindo os quatro dedos da mão e colocando-os em oposição ao polegar, abrindo e fechando os dedos como o bico de um pato, tentando avisar algo dramático ao motorista. Não raro o gesto é acompanhado de um grito: "O farol tá aceso!"

Nunca consegui entender a obsessão dos motoristas e pedestres cariocas em dar essa informação. Já fui fechado na rua por um maníaco que quase me jogou contra um poste para me avisar que o meu carro estava com os faróis ligados. Se fosse cientista, buscaria identificar o gene causador da tal comportamento, replicá-lo e adaptá-lo a novas situações, sempre motivadas pelo mesmo espírito de solidariedade do gene do farol aceso.

O Brasil se tornaria o país mais correto do mundo. Todas as vezes que motoristas passassem em frente ao Banco Central fariam o gesto e gritariam: "Tá vazando! Tá vazando informação!" Diante de certos bancos, o gesto seria acompanhado de: "Tão roubando!" E quando o governo tentasse nos convencer de que tudo vai dar certo no fim, a população em massa e fazendo o gesto com as mãos sairia às ruas gritando: "Tá enrolando!"

Já pensaram?

Terceira pessoa

(JB — 26 DE ABRIL DE 1999)

Um ser mítico que vive na terceira pessoa é a "elite brasileira". Ela é definida como selvagem, predatória, irresponsável, arrogante, retrógrada, insensível e doida para gastar dinheiro em Miami. Tudo isso pode ser até verdade, mas o problema maior é: quem é a "elite brasileira"? Você já viu algum representante dela? Já encontrou alguém que bateu no peito e disse: "Eu sou da elite?" Posso garantir que já estive em jantares em apartamentos da avenida Atlântica nos quais a renda dos convivas era maior do que a da maioria dos países africanos e de alguns estados nordestinos. Indignados, todos atacavam a elite achando que, devido a ela, o país não tinha jeito.

É bem capaz de Antônio Ermírio e ACM não se reconhecerem na "elite brasileira" e falarem mal dela. Afinal, onde começa essa elite? A boa notícia é que se você sabe ler e comprou este livro pode considerar-se inscrito nela. A má notícia é que isso não lhe dá o direito imediato a informações privilegiadas ou saque automático no BC. A elite não começa em bancos suspeitos, nem no Country (há diversos patamares), mas juro que já dei carona para uma sócia do Country que, ao atrapalhar-se com a maçaneta do meu carro (um Fiat Tempra) na hora de saltar, desculpou-se assim: "Perdão, mas sou pobre e não tenho experiência com carro sofisticado..."

A "elite brasileira" convive com o "povo brasileiro", outro ente abstrato que só existe na terceira pessoa. Nenhum deles têm endereço conhecido, mas há uma diferença fundamental que separa um do outro. Quando a polícia entra na casa de um membro da elite, leva mandado judicial e mesmo assim desperta indignação geral. Na casa do povo, o método é menos burocrático: basta chutar a porta e todo mundo acha normal.

Luís XVI e o "risco sistêmico"

(JB — 17 DE MAIO DE 1999)

Conta a História que todos os anos, no outono, o rei de França dava um grande baile, aberto ao povão, um verdadeiro forró, na Halle au Blé, um prédio redondo que existe ainda hoje em Paris, vizinho ao antigo mercado dos Halles, e onde funciona a bolsa de futuros. Lá ficava estocado o trigo que garantiria o pão de cada dia aos parisienses nos duros meses de inverno. O baile era uma espécie de pacto da realeza com a plebe. Antes de dar-lhe pão montava o circo para tranqüilizá-la.

Duas secas excepcionais, em 1788 e 1789, quebraram a safra de trigo da França e o baile do mercado foi cancelado. No primeiro ano, o povo passou fome e acumulou ressentimentos. No segundo, no dia 14 de julho de 1789, na perspectiva de gramar mais um inverno com fome, uma pequena multidão de manifestantes invadiu e tomou a fortaleza da Bastilha, uma mole sinistra, bem no meio de Paris, parcialmente desativada, mas que a imaginação popular associou indelevelmente ao despotismo e ao mau governo.

Esse dia ficaria marcado para a eternidade como uma data símbolo para a Humanidade. Mas no dia mesmo quase ninguém percebeu que o mundo mudara. O próprio Luís XVI, em Versalhes, anotou em seu diário: "Hoje, nada...". Ali nascia o conceito de "risco sistêmico". Um pequeno acontecimento, levando a outro e a outro, até mandar todo o sistema pelos ares.

Não custou muito para os parisienses, em multidão, irem buscar a família real em Versalhes aos cantos de: "temos o padeiro (o rei), a padeira (a rainha) e o pequeno aprendiz (o delfim), não morreremos mais de fome". Ainda não era o fim do sistema, mas Sua Majestade não percebeu que o "risco sistêmico" crescera assustadoramente e isso acabou por custar-lhe o reinado e a cabeça.

Até hoje, os governos franceses sentem um frio no pescoço quando o povo se manifesta. É indispensável para a democracia que o governo tenha sempre um pouco de medo do povo. Entre nós, infelizmente, o povo não é levado em conta na hora de avaliar os "riscos sistêmicos". Governo no Brasil só tem medo de banco e isso explica um bocado de nossa História.

Flora Dânica

(JB — 24 DE MAIO DE 1999)

A melhor cerâmica do mundo, a Flora Dânica, é fabricada na Dinamarca. Há alguns anos, em Paris, fui ao Louvre ver uma exposição: "Flora Dânica, mesas reais da corte de Copenhague". Deslumbrante! Sobre a mesa com mais de vinte metros de comprimento, dezenas de pratos, molheiras, travessas, centros de mesa, arranjos florais e galheteiros. Talheres e *sous plats* em ouro.

Mas faltava algo. Demorou instantes e percebi, perguntando à curadora da mostra. "Cadê os copos?"

— Ah! Os copos! Eles ficavam num aparador, atrás dos convivas. Cada convidado tinha o seu provador de bebida. Tudo o que se servia era antes degustado por ele. Para evitar envenenamentos — respondeu a curadora.

Comecei a imaginar o nível de intriga na corte dinamarquesa. Afinal, Hamlet era de lá... E tive pena dos provadores. Naquele tempo, ter provador velho, quase aposentado, era sinal de falta de importância; ninguém tentara envenenar o seu patrão. Personalidade importante, algo como ACM transformado em duque, deveria trocar de provador a cada jantar, tal o número de pessoas desejosas de livrar-se dele. Como convencer alguém a aceitar tal emprego? Só o desemprego alto, como o atual, não bastaria como argumento.

Imagino a mesa em Brasília, com a "Flora Dânica" posta. O rei Fernando Henrique, ladeado pelos duques ACM e Pedro Malan, os condes Mário Covas, Luís Carlos Mendonça de Barros, Itamar Franco, José Serra e os marqueses Armínio Fraga e Gustavo Franco e três penetras plebeus: Fernando Collor (ele mesmo!), Paulo Maluf e Celso Pitta. Na conversa, mesa farta, turismo em Fernando de Noronha, Elba Ramalho, confiabilidade do Diário Oficial e outras amenidades. Os provadores, coitados, vão caindo um a um com intervalos de minutos e à medida que o alegre banquete prossegue, tornam a cair e são imediatamente substituídos e, por sua vez, tornam a cair...

Como é possível?

Simples! Os provadores somos nós...

Severina e o corporativismo

(JB — 7 DE JUNHO DE 1999)

O corporativismo virou palavrão, usado pela direita é sinônimo de "privilégios" como a aposentadoria, a carteira assinada, as férias remuneradas, o direito a sindicalizar-se, o descanso semanal e outras amenidades que o neoliberalismo vai combatendo com insistência. O que há de errado com o corporativismo? Foi ele que deu origem ao capitalismo. Basta ir à Grande Praça de Bruxelas, a mais bela do mundo, para ver a essência do corporativismo. São casas ricamente adornadas, das corporações dos marinheiros, tanoeiros, padeiros, alfaiates, açougueiros e outros, representando os interesses e o poder de seus filiados. Dessas corporações medievais nasceram as representações classistas, desde as federações patronais até os sindicatos.

Os donos do capital sempre estiveram anos à frente dos vendedores de trabalho. Constituíram ligas, como a Hanseática, dividiram mercados, como fazem até hoje com as vitaminas e tudo o mais, e assumiram o poder para defender seus interesses. Muito antes que Marx mandasse os proletários unirem-se, o capital vivia num mundo globalizado e corporativo, enquanto as esquerdas não chegavam a um acordo sequer sobre o que jantariam (quando havia comida).

Com a revolução soviética, o capitalismo sentiu um frio na espinha. Adaptou-se, pareceu ganhar face humana. O fracasso do socialismo real trouxe de volta a velha e boa ordem. A confiança dos investidores está sendo restaurada. Boa notícia para Severina Elvira de Souza, nove filhos e sete netos, que sobrevive em Macaparaná, Zona da Mata em Pernambuco. Ela e os demais flagelados pela seca e o desemprego vão, cinco vezes por semana, à "casa da mãe Joana", (êta nome porreta!) para comer a única refeição diária. "Sábado e domingo a gente enche o bucho de água", diz Severina.

Se há no mundo alguém que tem razões para reclamar do corporativismo é dona Severina, e não o governo e seus aliados.

Bundes über alles

(BUNDAS — 18 DE JUNHO DE 1999)

Ninguém duvida que a bunda é a unanimidade nacional. Quando pensamos em bunda imaginamos logo o trópico, o cheiro de natureza, a praia, biquínis mínimos, aqueles predicados, sem um milímetro de celulite, bunda empinada, insolente! Somos um povo que venera a bunda. Certo? Bem, pode até ser que sim, mas povo pra gostar de bunda mesmo é o alemão. Ninguém levou a bunda tão longe quanto eles.

Querem ver? Alguém já imaginou se nos chamássemos *Bundes*república do Brasil? Impensável? Pois a Alemanha é uma *Bundesrepublik,* sem qualquer problema. *Bundes,* em alemão, significa união, e o conceito está certo, a bunda é mesmo uma bela união. Sem duas belas nádegas não se faz bunda. E a república de bunda deles funciona muitíssimo bem, ao contrário da nossa que anda meio caidona.

Aliás, o progresso alemão só veio quando eles — num rasgo de genialidade — adotaram a *Bundes* em lugar do *Reich*. Enquanto *Reich,* os alemães só levaram cacete. Perderam duas guerras mundiais neste século, saíram arrasados, isso quando o país chamava-se *Deutsche Reich*, o parlamento *Reichstag* e o líder deles era o *Kaiser* e depois o *Führer*, este último não servindo nem pra nome de cerveja.

Com a democracia vieram o *Bundeshaus* (parlamento), o *Bundesrat* (senado) — e antes que o ACM solte os cachorros, informo que *rat* em alemão é conselho e não esse bicho em que todos nós estamos pensando — e o *Bundestag* (câmara dos deputados). O conceito de *bundes* pra lá, *bundes* pra cá, espraiou-se e a Alemanha chega ao século XXI como a (*bundes*)potência hegemônica na Europa e terceira economia do mundo, graças em boa parte ao *Bundesbank*, que é o banco central deles e funciona muito bem, ao passo que o nosso sempre nos dá a sensação de que o banco é "deles" e a bunda é nossa mesmo.

O *Bundespresident* alemão vai muito bem, mas o nosso também está tendo seu dias de *Bundes*, devido às pesquisas de opinião. Talvez seja porque as reformas não andam e a nossa atual Constituição não permita governar. Essa sempre foi a desculpa para tudo no Brasil, mas os alemães olham para a *Bundesverfassung*, a Constituição deles, e nem chiam. E olhem que nem é constituição, mas uma lei provisória na qual não mexem porque dá certo há cinqüenta anos. Talvez a solução seja fazer uma Constituição com nome bem complicado (pode ser em alemão mesmo), desses que dê medo até de mexer. *Bundesverfassung*... já pensaram no Inocêncio tentando dizer isso?

E não pára por aí. O correio é *Bundespost*, o exército é a *Bundeswehr*, bem mais bundão que a antiga *Wehrmacht*, diria o Hitler. Quem quiser viajar nos magníficos trens alemães será levado pela *Bundesbahn*. No Brasil, o transporte coletivo extrapola o conceito de *Bundes*. É *Scheisse* mesmo, (pronuncia-se cháisse) outra palavra alemã que significa merda.

O momento é este! Se *Bundes* deu certo para os alemães, estou certo de que aqui, com nosso *know-how* e a matéria-prima que abundam (perdão!) construiremos o paraíso na terra. Um país de abundância (*sorry!*) e de felicidade.

Só a *Bundes*república nos salvará!

"Assimétrica" até nos santos...

(JB — 28 DE JUNHO DE 1999)

Tem razão Fernando Henrique Cardoso quando reclama da "globalização assimétrica". O que ele parece não saber é que isso é nossa velha sina. E, pelo jeito não tem jeito, nem jeito terá. Querem ver? O que é mais globalizado do que a Igreja Católica? Foi ela, através de São Paulo, que inventou a globalização e espalhou-se pelo mundo há pouco menos de dois mil anos.

Hoje somos o maior país católico do mundo e deveríamos ser uma potência celestial, mas ao que parece nosso prestígio no céu anda mais baixo do que no FMI. Duvidam? Uma pesquisa na Catholic Online permite identificar 2.380 santos. País onde quase não há católico, como o Japão, chega a ter dois santos nascidos lá: São Francisco de Nagasaki e São Paulo Miki. A Islândia, um bloco de gelo protestante perdido entre a América e a Europa do Norte, tem o seu. O Vietnã, oficialmente comunista e ateu, ganhou 117 de uma só vez em 1988. A Suécia e o Canadá têm seis santos cada e o Estados Unidos, cinco. Sabem quantos tem o Brasil? Nenhum!! Em quinhentos anos de catolicismo esta Terra de Santa Cruz não foi capaz de produzir um mísero santinho!

João Paulo II beatificou 819 cristãos e canonizou 276 em seu papado. Nós ganhamos três beatos e mais uns trinta e três, massacrados pelo holandeses no Rio Grande do Norte, mas santo mesmo, nenhum. Nem Anchieta.

Talvez o problema seja o critério adotado pela Igreja. Santo tem que fazer dois milagres depois de morto e no Brasil isso parece totalmente impossível. Nem o Delfim conseguiu quando — muito vivo — fazia o "milagre brasileiro" (taí a explicação por que não deu certo, faltou o "s" para nos dar acesso geral ao paraíso). E assim, desprezados até pela globalização celestial, vamos nos agarrando aqui na terra ao nosso pobre "padim" padre Cícero mesmo.

Amém.

Um lugar na História

(JB — 13 DE JULHO DE 1999)

Quando o julgamento dos contemporâneos não lhes é favorável, os governantes começam a pensar em seu "lugar na História". "A História me fará justiça" é uma espécie de consolo, significando que a percepção do povo, em geral "gente atrasada", como nos qualifica Mendonça de Barros, "e incapaz de perceber o bem que lhes é feito" (ponto de vista do governante), será substituída no futuro por alguma espécie de juízo sábio e imparcial, que restabelecerá a verdade, destacará os bons e condenará os maus, relegando-os ao "lixo da História", outra expressão consoladora para quem espera ser redimido pelas páginas dos livros escolares de amanhã, enquanto apanha dos ibopes de hoje.

Será que é verdade? Vamos ver. Qual é o imperador romano mais famoso? E por quê?

Aposto qualquer quantia que nove entre dez seres humanos, mesmo quem nunca teve nas mãos um livro de História de Roma, responda Nero. Nero! Esse mesmo! E seu feito mais conhecido? "Tacou fogo em Roma!", será a resposta, em geral com uma pontinha de entusiasmo.

Alguns ainda acrescentarão que tocava sua lira e cantava enquanto via a cidade arder. Outros se lembrarão de Peter Ustinov em *Quo Vadis?* e dirão que Nero introduziu os cristãos na dieta dos leões.

Marco Aurélio, padrão de virtudes, incorruptível, e provavelmente o governante mais sábio que já houve sobre a terra, é hoje um quase desconhecido. Em suas *Meditações* escreveu: "Quando teus inimigos te reprimem, odeiam ou manifestam contra ti tais sentimentos, considera as suas almas, penetra nelas a fundo e vê como são. Então compreenderás que não é preciso que te preocupes para saber se elas têm tal ou qual opinião. É preciso ser benevolente com eles, pois por natureza são teus amigos."

Não parece o ACM pensando?

Um lugar na História (2) "Brioches"

(JB — 21 DE JULHO DE 1999)

Recebi *e-mail* de um leitor lembrando outros "nãos" da História — do tipo Nero *NÃO* incendiou Roma — como o de Maria Antonieta que *JAMAIS* pronunciou a frase: "Não tem pão? Comam brioches!" Concordo e vou além, De Gaulle *NUNCA* afirmou: "O Brasil não é um país sério." É *MENTIRA* que ACM tenha dito: "Aqui quem manda sou eu!" Ganha um Ford Axé de presente quem provar o contrário.

Mas será que nunca pensaram no que não disseram? Será que Maria Antonieta não achava mesmo que um briochinho ia bem? Será que o De Gaulle considerava o Brasil sério? E ACM? É difícil imaginar que de manhã, diante do espelho, ele não se cumprimente com um sonoro "Ave César!". Difícil...

Mas voltando a Maria Antonieta, lembro que a pobre também tinha uma lenda negra, como conta Stefan Zweig, que fez da biografia da infeliz austríaca um de seus melhores livros. Não é possível ir a Paris sem visitar a Conciergerie, entrar na cela onde a rainha passou a última e terrível noite antes de ir para o patíbulo e não sentir pena e angústia, que aumentam quando o guia mostra a lâmina que cortou o real pescoço. Estava ali com minha filha ainda pequena e ela, impressionada, virou-se e perguntou-me.

"Pai, que maldade, por que os franceses fizeram isso?"

Eu não estava com vontade de explicar e generalizei.

"Ela era má e queria que o povo, que não tinha pão, comesse brioches." Minha filha fez um "Ahnn..." de quem se dá por satisfeita e não se falou mais nisso.

Alguns dias depois, passava diante de uma *briocherie*, atraído pelo cheiro divino de brioches quentinhos. Levei um pacote para casa. Minha filha pegou um, provou-o e, olhando-me com ar de reprovação, saiu-se com esta:

"Puxa, pai, os franceses são uns malucos. Mataram uma rainha muito boazinha, que queria que o povo comesse brioche, que é uma coisa óóóótima!"

Se às vezes a Humanidade pudesse pensar com a inocência de uma criança, o mundo seria certamente menos complicado.

É duuuuura a vida do gordo!

(BUNDAS — 27 DE JULHO DE 1999)

Parece até que Deus, ao criar o homem à sua imagem e semelhança, fez uma ressalva: menos o gordo! Somos uma categoria desunida, doida para emagrecer, olhados com satisfação por médicos que nos têm como eternos escravos de suas perversidades experimentais e com desconfiança, desprezo e temor por patrões, planos de saúde, lojas de roupa e seguros de vida, que nos vêem como preguiçosos, lerdos, já morreu/vai morrer daqui a pouco, "seu tamanho não tem", prejuízo na certa etc., etc. Além do mais, gordo, como careca, é adjetivo, geralmente associado a outro xingamento. Ninguém diz: "Olha a frente aí, magro f.d.p.!!" ou "Seu cabeludo de m...!"

Mas os carecas levam a vantagem de terem melhor *lobby*. Existe alguma música dizendo: "É dos gordinhos que elas gostam mais?" Nem pensar... A única vantagem dos gordos sobre os carecas é que os gordinhos não são pontos de referência. Quantas vezes você já ouviu uma informação assim: "O senhor vai sempre em frente e naquele careca ali dobra à esquerda." Mas os carecas têm implante, peruca, e mil detalhes ridículos para acabar ou disfarçar (geralmente mal) o problema da falta de cobertura.

A medicina avança a olhos vistos, menos no terreno da gordura. Ao gordo só resta fechar a boca. Viver infeliz comendo papinhas insossas (bleargh!), legumes sem sal cozidos no vapor (argh!), galinhas mortuárias (gulp!), mortificar-se, fazer penitência o resto da vida, emagrecendo e engordando qual sanfona do Luís Gonzaga.

Um estivador que resolver transformar-se numa mulher irá ao médico, tomará hormônios, aplicará um pouco de silicone aqui e ali e em alguns meses estará metamorfoseado em verdadeira Roberta Close. O gordo, coitado, se fizer lipoaspiração com vontade pode morrer de uma hora para outra. E como "ajuda médica" o assarão no forno ou aplicarão milhares de choques elétricos em seu corpo. Não tem jeito, se você for gordo, feche a boca, tome comprimidos que enlouquecem (e nem diminuem a fome tanto assim), ou outros remédios concebidos, exclusivamente, para humilhar e punir os gordos, como o Xenical, uma escolha entre a dieta mais rigorosa ou um *piriri* a jato, em plena rua.

Agora, vejo na TV que cientistas estão isolando no cérebro dos gordinhos uma substância que ativa o apetite. (A TV é rápida e o nome da substância me escapa.) Chegou a nossa vez! — penso. Engano! A maldição dos gordos não iria deixar barato assim. A tal substância parece estar intimamente associada a outra, que regula a nossa sensação de limpeza ou sujeira. Os cientistas estão tentando separar as duas, já aplicando a primeira em ratinhos. Eles emagreceram, mas tornaram-se imundos. Já pensaram? Vamos escolher entre ser gordos limpinhos ou magros fétidos? Não dá, né?

Mas, pensando bem, essa teoria dos cientistas explica pelo menos uma coisa no mundo. Os franceses comem pra burro, comem tudo, *foie gras*, manteiga, *cassoulet*, *gigot*, doces de padaria aos montes e pão, montanhas de *baguettes*, e não engordam de jeito nenhum. Deve ser a falta da tal substância. Já quanto ao banho...

Mas nem tudo está perdido para nós gordinhos. Estou convencido de que, ao contrário do que diz a medicina, os gordos duram mais. Da Idade Média e até o século passado, ser ventripotente era garantia certa de boa saúde. Pelo menos os gordos não corriam o risco de estarem tuberculosos e, nas grandes epidemias e fomes, quem chegava vivo (e magro) ao fim da praga eram os gordos, que tinham mais reservas para queimar do que o Malan. Não é à toa que os grandes tamanhos de roupa, a começar pelas cuecas, são chamados até hoje de *king size*, tamanho do rei!

Já enterrei todos os atletas que me agouravam vida curta e recomendavam exercícios e dieta natural. Tente lembrar-se dos enterros a que você já compareceu e compare o número de magros com o de gordos deitados no caixão e você constatará facilmente que a morte é magra.

Vacinas

(JB — 2 DE AGOSTO DE 1999)

Há certas palavras que têm um som de outra coisa. Escrúpulo, por exemplo, não parece uma dessas viroses da primeira infância: sarampo, rubéola, catapora, coqueluche? Por que não escrúpulo? Imaginem... Primeiro aparecem umas pintinhas vermelhas na bochecha e no pescoço, com dois dias se generalizam, há coceira por todo o corpo com febre de 38,5 a 39,5, moleza generalizada. Em quatro dias, surgem bolhas. Com sete, são descamações e dá uma vontade enorme de fazer tudo certo... Dura em média duas semanas mas as seqüelas na mente podem permanecer por toda a vida.

Dona Maria está com o Juquinha, seu filho, no consultório do pediatra. O menino acabou de ser vacinado e o médico olha a caderneta de imunizações e vai conferindo...

"Xá ver... hum... hum... tríplice... hum... hum... pólio... hum... tuberculose... hum... hum... hum... meningite... hum... cadê?"

"O quê, doutor?", pergunta, ansiosa, Dona Maria.

(Juquinha, sentado com ar sonso, balança as pernas.)

"O Juquinha foi vacinado contra escrúpulo?"

"Que me lembre, não, doutor. Foi tétano, difteria, caxumba, sarampo, rubéola, coqueluche, mas escrúpulo não. O que é isso, doutor? Mata?"

"Não, em geral não mata, mas é incapacitante. Se seu filho tiver escrúpulo, mais tarde vai ficar impedido de fazer uma série de coisas na vida."

"O senhor acha que deve vacinar? Incapacitado de fazer o quê? Aleijado? Estéril? Não vai ser homem? É isso?"

"Não, minha senhora, nada disso! Mas ele não vai poder ser político ou banqueiro, por exemplo..."

"Mas, por quê?"

"Ora, minha senhora, a senhora já viu político ou banqueiro com escrúpulo?"

Céu e Inferno

(JB — 9 DE AGOSTO DE 1999)

Passei boa parte da infância com medo do inferno, em confissões e penitências para livrar-me do fogo, onde a minha alma danada arderia PARA SEMPRE, brrrrrr... O purgatório era uma espécie de inferno a meio vapor, do qual sairíamos principalmente se já levássemos daqui um montão de indulgências por comungar em certos dias ou dar esmolas à Igreja. Era uma espécie de poupança, de vale-pecado...

No céu da minha infância, éramos recebidos por São Pedro, num portão rococó, igualzinho ao dos condomínios de luxo da Barra, só que de ouro, sem capangas armados nem aviso de desligar os faróis do carro. O bom porteiro consultava um livrão e se nossa alma estivesse OK podíamos entrar e cantar *Aleluia* para a ETERNIDADE. Detalhe: era cheio de pobre e, como diria São ACM, era mais fácil um camelo passar pelo buraco de uma agulha do que o Malan entrar lá. Se fosse menino hoje, imaginaria São Pedro consultando um *lepitopi* e interfonando (argh!) ao Altíssimo para perguntar se estava esperando "visita do senhor Flitizis".

Agora, o papa diz que céu, inferno e purgatório não são lugares, mas "estados de espírito" e "condições de vida". O inferno não é lugar nem fornalha ardente. Se inferno e paraíso não têm endereço, nem CEP, pra onde irá minha alminha depois que desencarnar? Vagará, até o final dos tempos, pelo Rio? Pra ser assaltada pelas almas dos bandidos? Sei não, mas prefiro os bons e velhos inferno e paraíso de outrora... Se nem com a ameaça de Satanás, de chifre, rabo, tridente, balde de brasa e tudo o mais, o mundo toma jeito, já pensaram como reagirá a Humanidade ao saber que no pós-morte o pior castigo será parecido com uma simples neurose? Sei não...

O ajuste da Etelvina

(BUNDAS — 16 DE AGOSTO DE 1999)

"Dona Etelvina, acorda! Têm *uns moço* aí fora querendo *falá* com a senhora, parece tudo gringo!", gritava Nego Bastião, para chamar a atenção da moradora do barraco debaixo do viaduto. Etelvina dormira demais, caíra no sono de barriga vazia e fome dá sono... leseira...

Ainda esfregando os olhos, abriu a porta e deu de cara com uma pequena multidão. Câmeras de TV, fotógrafos, repórteres e um começo de tumulto no meio do qual um senhor elegante, de óculos e terno impecável procurava abrir caminho. "*Pardon, pardon, monsieurs, laissez mua passé sil vou plé!*" e, conseguindo chegar a Etelvina, estendeu-lhe a mão e apresentou-se:

"*Je sui* Michael Camdessus *et je sui raví de vu connêtre...*"

Etelvina não entendeu nada, mas apresentou-se também.

"*Ravi* não tem não *mister*... mas eu sou Etelvina de Tal. Entre *mister... mister...*"

"Camdessus... Michael se *prreferirr*."

"Tá *bão* seu *Mixê Cande*... Não repare a bagunça."

"A *senhorra* deve estar estranhando *ma*... minha *visite*..."

"Olhe, seu *Mixê pra* ser sincera, não. *Fais ma u meno* um *méis*, que apareceu aqui o ACM, tirou um *monti di foto cum* a gente e disse que ia *resorvé* o *probrema* da pobreza. *Faiz* poucas semanas teve aqui um gringo esquisito, que disse que era presidente de um *bâncu*, como era *mesmu u* nome do *bâncu? Ihhh...*"

"Banque Mondiale..."

"Esse! Também veio *cum* televisão, disse que eu era uma vítima de um tal de *neo... qualqué* coisa que não *intendi* direito."

"Neoliberralismo..."

"Isso mesmo! O senhor é *bão, hein, seu Mixê*? Mas ele também foi embora e *ingual* ao ACM não deixou nem uns trocado *pru* feijão das criança. Eu *i os mininu continuamu cum fomi...*"

"Mas eu sou do FMI e *garranto* à *senhorra* que *tout...* tudo vai mudar, vamos *tirrá-la da pobrreza*, mas antes, *madame* vai ter que *fazerr* alguns ajustes, um *equilibraçôn* de suas contas. Quanto *madame* ganha por mês?"

"*Chiii*, nem sei... um biscate aqui, uma faxina ali, e os *mininu* vendendo bala no sinal, acho que dá *pra* tirar uns 130..."

"*Et combián*... quanto a *senhorra* gasta?"

"Também não sei, mas acho que fazendo *uns vale* com uma patroa *pra* quem faço faxina e um dinheirinho emprestado aqui e ali, uns ganhos e mixarias do moleque maior, devo gastar uns *centoecinquentinha*."

"*Vuaiê?* A *senhorra tá* vendo? Aí é que está o seu *prroblème! Vu... a senhorra... é pobrre* porque *gastez* mais do que *ganhez*. Do seu *orrçamant* a *senhorra deverria* poupar pelo menos uns *quarrante* par *muá*.... por mês. A *senhorra* precisa é de um bom ajuste do FMI!"

"Mas aí como é que vou dar a farinha e o feijão *das criança*?"

"*Celá*... Isso é *un petit detail sans importânce*, dona Etelivine, *si vu*... a *senhorra* quiser acabar com a *pobrreza* alguém vai ter que fazer *sacrrifice*..."

"Beija e balança" em *Bundas* é crime!

(BUNDAS, 24 DE AGOSTO DE 1999)

Bundas é moralmente aviltante?

A dúvida me atormenta porque pretendo escrever sobre a bandeira nacional, o auriverde pendão que — dizia o poeta maior — "a brisa do Brasil beija e balança". É que um projeto de lei, aprovado pela Comissão de Constituição e Justiça do Senado, proíbe "toda a forma de utilização da bandeira, ou local de aplicação que sejam considerados moralmente aviltantes". Pode a bandeira em *Bundas* ou não? Pronto! Se não puder, já estamos fora da lei... Criminosos! Em compensação, os meliantes que batiam palmas depois do Hino Nacional já podem ficar tranqüilos: ovacionar o "Virandum" deixou de ser delito por decisão da mesma CCJ do Senado.

Como vocês podem constatar, os parlamentares andam preocupados com assuntos de alta relevância política e institucional, nesta época de crise que atravessamos. As propostas partiram de um senador gaúcho, do PMDB, José Fogaça. A avó da minha mulher, Dona Preciosa, aquela frasista genial que costumava dizer que há gente que caga na pia para ser falada, tinha outra expressão maravilhosa.

Certas manhãs acordava dizendo-se possuída por um "sanapismo de pimenta". A seu modo, e de forma arrevesada, referia-se a uma simples coceira. Desconfio que o nosso senador deve estar com "sanapismo de pimenta", para propor uma lei proibindo o uso da bandeira nacional em roupas íntimas femininas. Fogaça, ele já é...

Quem vai fiscalizar? (Qualquer coisa aí, sou o primeirão!) Se abrirem concurso, vai ser mais concorrido que o do Banco do Brasil, que reuniu mais de um milhão e meio de candidatos para nove mil vagas de escriturário. Quem deu a inspiração para esse surto de "sanapismo"? Ora, quem haveria de ser? Os militares, é claro! Uma das conquistas maiores da luta pela democracia, durante o arbítrio e a redemocratização, foi a desmilitarização dos símbolos pátrios que pertencem a todos e não apenas ao quartel. Foi lindo ver a bandeira em camisetas, nas janelas, pintada nos muros e, sobretudo, aquela imensa bandeirona que percorreu o país carregada por milhares de pessoas que a sustentavam sobre as suas cabeças.

Quem foi criança lembra que uma das melhores brincadeiras era ficar sob os lençóis imaginando-se numa caverna ou numa tenda, cercado de perigos. Naqueles momentos bonitos das "Diretas Já" e da festa da eleição (ainda indireta) de Tancredo, em que todo o Brasil ansiava e lutava por liberdade, fomos todos — direta ou indiretamente — crianças sob a imensa bandeira auriverde que acolhia seus filhos, felizes e cheios de esperança. Hoje ficamos mais maduros, aprendemos duramente a nos desiludir cada vez mais. Muitos já questionam a democracia, esquecem facilmente o mal, e os símbolos começam a escapar das mãos da cidadania para voltar ao ritual mecânico e sem emoção das casernas e dos projetos idiotas.

Por mim, façam-se biquínis, sungas e camisetas à vontade com a bandeira, enrolem-se nela os felizes, os perseguidos e os que têm algo a reclamar. Cubram-se com ela, quando dormirem, os meninos de rua e assim — quem sabe? — conseguirão um pouco de atenção, respeito e futuro. Queimem-na os inconformados e revoltados! Na América, a bandeira tremula noite e dia em milhões de lugares, nas casas, nos escritórios através do país. Ela, a *Old Glory*, ou Velha Glória, é usada em roupas, toalhas e nos mais diversos objetos e é até queimada, por americanos, em sinal de protesto, quando algo está errado, como ocorreu freqüentemente durante a guerra do Vietnã.

A Suprema Corte americana não considera crime queimar a bandeira. Ela afirma que é um direito protegido pela primeira emenda da Constituição (uma Constituição séria e não o nosso catálogo telefônico). A primeira emenda garante aos cidadãos o direito à livre expressão.

Diz o legislador americano: "Se há um princípio pétreo comandando a primeira emenda é o de que o governo não deve proibir a expressão de uma idéia, simplesmente porque acha essa idéia ofensiva ou desagradável." O Congresso tentou várias vezes, sem sucesso, mudar a Constituição para tornar o ato de queima da bandeira um crime. Só na Internet há 393.960 páginas destinadas ao assunto, nos EUA. O mundo não acabou, e a América está hoje mais poderosa do que nunca.

O melhor mesmo é deixar a bandeira em paz, o Brasil não precisa de mais leis tolhedoras de liberdade. O que precisamos todos é de leis relevantes e justas, tão transparentes, aceitas e respeitadas quanto a primeira emenda americana. Afinal, o "auriverde pendão que a brisa do Brasil beija e balança" horrorizou Castro Alves por tremular no mastro de um navio negreiro, abarrotado de escravos, esse sim lugar aviltante, quase tão aviltante quanto um país injusto, e não o biquíni de alguma suave sereia num "doce balanço a caminho do mar", como dizia o poetinha.

Alea jaca est

(JB — 5 DE SETEMBRO DE 1999)

Fotógrafos e cinegrafistas que me perdoem, mas a presença deles avacalha qualquer momento histórico. Um observador que se colocar a meia distância para testemunhar algum fato memorável, verá apenas um amontoado selvagem de profissionais da imagem engalfinhando-se e disputando cada milímetro, cada ângulo, em meio aos cliques das máquinas fotográficas e os clarões dos flashes. Verá câmeras de TV, não raro brandidas como tacapes. Nesse universo vale tudo por uma tomada, um enquadramento, uma seqüência. Vale pisar no pescoço do concorrente caído, distribuir cotoveladas, gritar a plenos pulmões ou simplesmente acertar um chute bem aplicado na canela do adversário.

Num dia, não muito distante, o professor Papanatas anunciou a sua máquina do tempo. Transportava até 50 pessoas. Um grupo de fotógrafos e cinegrafistas reuniu-se e teve a brilhante idéia de voltar ao passado e documentar vários momentos históricos. Reunido o grupo, começou a jornada... uma leve tonteira... tudo rodando... difuso...

Quando deram por si, estavam numa planície, à beira de um pequeno riacho. Devia ter uns dois metros de largura e um palmo de profundidade. Dava para ouvir o galope de muitos cavalos. A cavalaria estancou à beira do riachinho. Eram soldados romanos. Um homem magro e alto, com feições duras, traços aquilinos, vestido com toga consular e coroa de louros na cabeça, apeou do cavalo, aproximou-se devagar do córrego, abaixou-se, apanhou um seixo e examinou-o, rolando-o com cuidado em sua mão direita enquanto meditava. O silêncio da legião era pétreo.

Fotógrafos e cinegrafistas não perderam tempo e, imediatamente, cercaram o estranho, assustando os pretorianos que vinham com ele e que já acorriam, céleres, de gládio em punho.

— Alto lá vocês! — ordenou, imperativo, aos legionários. E voltando-se, algo aturdido, aos que o circundavam perguntou:

— Quem são vocês? De onde vêm?

— Somos do futuro e estamos registrando os grandes momentos da Humanidade. Onde estamos? Quem é o senhor? O que vai fazer? — perguntou um dos fotógrafos, o mais atirado.

— Sou Júlio César, vocês estão próximos de Roma e este — disse apontando para o riacho — é o Rubicão que eu vou ter que atravessar, dizer algumas palavras e tomar o poder...

— Só isso? Atravessar esse riozinho à-toa? Assim até eu... — interveio um iluminador enquanto o cerco apertava em torno de César que, avançando com dificuldade, pôs um pé n'água e disse, sacudindo os ombros: *Alea jacta est!* (A sorte está lançada!)

— O que ele falou? — perguntaram, quase ao mesmo tempo, várias vozes nervosas.

— Sei lá! Mas parece ter algo a ver com jaca — respondeu alguém que estava mais próximo de César.

O romano já tinha atravessado, quando foi seguro pela toga e empurrado de volta para a margem de onde tinha saído.

— Seu César! Seu César! O Cezinha! Dá pra repetir? Não ficou bom... Repete o negócio da jaca! — Auxiliares de câmera agitavam a água do Rubicão para dar mais emoção à cena até que César, acuado e ensopado, perdeu a paciência e deu uma ordem. Em segundos todos estavam correndo para salvar-se de uma corte de guerreiros núbios, com caras de canibais com fome...

Salvou-os a máquina e, antes que percebessem, chegaram a outro lugar, em outra era. A tarde estava nublada e encontravam-se sobre um pequeno monte onde havia três cruzes no chão. Algumas mulheres choravam. O grupo, perplexo, olhou para o homem de pé ao lado da cruz do meio. Todos se entreolharam em silêncio pesado, até que um balbuciou

— V.. v... e... vem ... ca, vem cá, v... vo... vocês acham que Ele é quem eu penso que é?

— É... é... é... el... É Ele mesmo, galera! Que seqüência! Dá licença aí, ô meu! Oi... você da capa vermelha! Dá pra sair da frente? — gritavam, enlouquecidos, enquanto fechavam o cerco...

(Eu vou parar por aqui, que não sou besta de ser excomungado.)

História...

(JB — 8 DE SETEMBRO DE 1999)

Corre o ano de 1908. Hans Roller chega cedo em casa, naquela tarde de verão em Viena. É professor da Escola de Belas-Artes e cenógrafo famoso. Ao entrar é beijado carinhosamente pela mulher, Liselotte, que pergunta o que fizera naquele dia.

"*Ach!* Nada de extraordinário, *mein liebchen* (minha querida). Hoje apareceu em minha sala um rapaz mal vestido e com um bigodinho ridículo, só embaixo do nariz. Parecia alucinado e trazia uma pasta com aquarelas medíocres. Queria porque queria que o aceitasse como aluno... Mandei-o pintar paredes..."

"Que maldade..."

Corte para maio de 1945. O Terceiro Reich acabou. O mundo em volta está em ruínas. Mas Hans Roller não tem sossego. A cada dia que passa, sua angústia aumenta. Desde 1938, quando a Áustria foi ocupada pelos nazistas, o *anschluss*, esperou, dia após dia, ser preso e internado num campo de concentração. Nada aconteceu. Sempre que ouvia passos nas escadas à noite tinha a certeza de que a Gestapo vinha buscá-lo. Mas o tempo passou, a guerra começou, acabou e nada... Fora esquecido.

Mas agora, quando muitos estão aliviados por terem sobrevivido, ele sabe que, cedo ou tarde, vão descobri-lo e terá que se explicar, prestar contas de tudo. Sim, porque a culpa é toda dele! Ele é o único responsável pelo nazismo, pelo Holocausto, pela Segunda Guerra Mundial! Não adianta Liselotte consolá-lo, tentar dissuadi-lo e dizer que não tem nada a ver com isso. Roller sabe-se culpado e condenado.

Ach! Se tivesse aceitado o jovem de bigodinho ridículo como aluno...

Duas vidas

(JB — 9 DE SETEMBRO DE 1999)

Será que a opinião pública está tão interessada assim na visão que Narcisa Tamborindeguy ou Adriane Galisteu têm da vida? A julgar pelo espaço que a mídia dedica a esse tipo de formador (?) de opinião, o Brasil virou imenso castelo de *Caras*. Adriane Galisteu, após o seu casamento relâmpago, falou às páginas amarelas de *Veja* e deu aula magna de insensibilidade, egoísmo e sinceridade! Estranha mistura, mas a moça tem razão quando se diz sincera. Ela não engana, revela-se de corpo (e que corpo!) inteiro e o retrato que aparece é assustador! Adriane teve infância atribulada, perdeu o pai aos quinze anos, ainda pobre, e um irmão com Aids quando já não era tão pobre. "Eu não tinha um tostão, não tinha dinheiro para comprar um pastel. Meu irmão estava doente. Minha mãe ganhava 190 reais do INSS, meu pai já tinha morrido. Eu sustentava todo mundo e não tinha poupança alguma."

Peço licença a Adriane, mas vou falar de outra infância triste de mulher, a de Rosa Célia Barbosa. Seu perfil — admirável — surgiu em reportagem recente da *Vejinha* sobre os melhores médicos do Rio. Alagoana, pequena,

1,50m, começou a sua odisséia aos sete anos, largada num orfanato em Botafogo. Rosa chorou durante meses. "Toda a mulher de saia eu achava que era a minha mãe que vinha me buscar; depois de um tempo, desisti..."

Voltemos a Adriane. Ela é rica, bem-sucedida, e "nem na metade da escada ainda". A escada, boa imagem para alguém que — como uma Scarlet O'Hara de tempos neoliberais — resolveu que nunca mais vai passar fome. Até aí tudo bem, mas é desconcertante ver como o sofrimento pode levar à total insensibilidade. Pergunta a repórter a Adriane se ela faria algo para o bem do outro:

"Para o bem do outro? Não, só faço pelo meu bem. Essa coisa de dar sem cobrar, dar sem pedir não existe. Depois, você acaba jogando isso na cara do outro."

"*Você nunca cede então?*"

"Cedo, claro que cedo. Já cedi em coisas que não afetam a minha vida. Ele gosta de dormir em lençol de linho e eu gosto de dormir em lençol de seda. Aí dá pra ceder..."

Rosa Célia fez vestibular de medicina, morava de favor num quartinho e trabalhava para manter-se. Formouse e resolveu dedicar-se à cardiologia neonatal e infantil, quando trabalhava no Hospital da Lagoa. Sem saber inglês, meteu na cabeça que teria que estudar no National Heart Hospital, em Londres, com Jane Sommerville, a maior especialista mundial na área. Estudou inglês e conseguiu uma bolsa e uma carta da Dra. Sommerville. Em Londres era gozada pelos colegas ingleses por causa de seu inglês jeca. Ganhou respeito geral quando acertou diagnóstico difícil numa escocesa, após examiná-la por oito horas seguidas. "Ela falava um inglês ainda pior do que o meu", lembra divertida.

Adriane está rica mas não confia em ninguém, salvo na mãe. Nem nos amigos. Vejam: "Eu não posso sair confiando nas pessoas. Não tenho motorista nem segurança por isso mesmo. É mais gente para te trair. Eu confio mais nos bichos do que nas pessoas. Ainda existem pessoas que acham que eu tenho amnésia. Muitas das que convivem comigo hoje já me viraram a cara quando estava por baixo. Mas você pensa que as trato mal? Trato com a maior naturalidade. Porque elas podem até me usar, mas eu vou usá-las também. É uma troca."

De Londres, Rosa Célia ia direto para Houston, nos Estados Unidos. Fora escolhida para a Meca da cardiologia mundial. Futuro brilhante a aguardava. Uma gravidez inesperada atrapalhou o sonho. Pediu 24 horas para pensar e optou pelo filho, voltando ao Rio. Reassumiu seu cargo no Hospital da Lagoa e abriu consultório, mas todos os anos viaja para estudar. Passa pelo menos um mês no Children's Hospital em Boston, trabalhando doze horas por dia.

"Você gosta de dinheiro (Adriane)?"

"Adoro dinheiro e detesto hipocrisia. Gasto, gosto de gastar, gosto de não fazer conta, de viajar de primeira classe. Tem gente que fala: esse dinheiro que ganhei eu vou doar. O meu eu não dôo, não. O meu eu dôo é para a minha conta. Eu adoro fazer o bem, mas também tenho minhas prioridades: minha casa, minha família. Primeiro vou ajudar quem está mais próximo. Mas faço minhas campanhas beneficentes."

Rosa chefia um centro sofisticadíssimo, a cardiologia pediátrica do Pró Cardíaco. Lá são tratados casos limite, histórias tristes. O hospital é privado e caríssimo, mas ela achou um jeito de operar ali crianças sem posses. Criou uma ONG, passa o chapéu, fala com amigos, empresários. O Projeto Pró Criança já atendeu mais de 500 e 120 foram operadas. "Sonhei a vida inteira e fiz. Não importou ser pobre, mulher, baixinha e alagoana. Eu fiz."

Voltemos a Adriane e esbarraremos, brutalmente, na frustração: "Já tive vontade de viajar e não podia. Queria ter carro e não tinha. Eu queria ter feito faculdade e não tive dinheiro. Não que eu sinta falta de livros, porque livro a gente compra na esquina e conhecimento a gente adquire na vida. Eu sinto falta de contar para os amigos essas histórias que todo mundo tem, do tempo da faculdade."

Duas vidas, dois perfis fora da normalidade, matéria-prima dos órgãos de imprensa. Mas qual é o mais valorizado pela mídia hoje em dia? É fácil constatar e chegar à conclusão de que há algo muito errado com a nossa sociedade. Pode ser até que o leitor tenha interesse mórbido em saber o que as louras e morenas burras ou muito espertas andam fazendo, mas a mídia não deve limitar-se a refletir e a conformar-se com a mediocridade, o vazio, o oportunismo e a falta de ética. Os órgãos de imprensa devem ter um papel transformador na sociedade e, nesse sentido, estaríamos melhor servidos se houvesse mais Rosas Célias nos jornais, nas revistas e TVs que nos cercam.

Voltando ao castelo de *Caras*, as belas Adrianes, Narcisas, Lucianas, Suzanas ou Carlas, certamente encontrarão lá um espelho mágico. Se for mesmo mágico dirá que Rosa Célia é mais bela do que todas vocês.

O dia em que Fritz salvou Fellini

(JB — 10 DE SETEMBRO DE 1999)

Fiquei sabendo desta história esta semana, através do meu amigo Giulio, de Belluno. Ele garante que é verdadeira e quem contou foi o Alberto Sordi, o inesquecível *Xeque Branco*, ou um dos *Boas Vidas* (*I Vitelloni*), ambos de Fellini, e de tantas comédias italianas, contracenando com Hugo Tognazzi.

Meu nome, Fritz, salvou a vida de Federico Fellini e do próprio Sordi. Já imaginaram? Corria o dia 23 de março de 1944. Roma, por acordo entre o Vaticano, os aliados e o alto comando alemão, fora declarada cidade aberta. Mas a resistência que lutava contra os alemães em toda a Itália resolveu agir em Roma. Um grupo de soldados da SS desfilava pela Via Rasella, quando uma bomba colocada pelos *partiggiani* (resistentes) explodiu e matou 33 alemães.

Os nazistas tinham uma regra simples e criminosa para lidar com essas situações. Por ordem direta de Berlim, para cada alemão morto escolhiam dez reféns ao acaso, na rua, punham em caminhões e fuzilavam. Fellini, que então era apenas roteirista de cinema, e Sordi estavam numa rua de Roma naquela tarde do dia do atentado, quando ela foi fechada por uma patrulha alemã que ia reunindo os italianos e começou a colocá-los em fila, de modo ríspido e brutal, para embarcá-los em caminhões militares.

Fellini e Sordi sabiam o que significava aquilo, embora não imaginassem a amplitude do massacre que se preparava. Nada menos que 335 italianos, alguns tirados das cadeias romanas, 75 judeus, e pedestres capturados ao acaso nas ruas foram levados para o sul de Roma e fuzilados, em grupos de cinco, no dia 24 de março, num conjunto de grutas, chamadas Fossas Ardeatinas. Foi o maior crime alemão na Itália durante a Segunda Guerra.

A hora de entrar no caminhão se aproximava, e Fellini, muito assustado, notou um sargento ao lado do caminhão. O militar não parecia muito à vontade e Fellini não hesitou, teve uma inspiração felliniana e, levando Sordi com ele, encaminhou-se ao alemão e abrindo os braços, abraçou-o efusivamente.

"Fritz, meu velho amigo! Que surpresa, encontrar você aqui! Há quanto tempo a gente não se vê. Você não manda notícias... Como vai a família?"

O sargento olhou, perplexo, para Fellini e Sordi. De fato, chamava-se Fritz mas nunca vira aqueles italianos antes. Ficou ainda menos à vontade com a situação e, após breve hesitação, fez um sinal ríspido com a mão aos dois para que dessem o fora depressa. Fellini não esperou uma segunda ordem...

A história me perturbou. Meu pai era sargento do exército alemão e chamava-se Fritz. Nunca esteve no *front* italiano, embora "se fosse ele" teria salvo a vida do cineasta que mais amo e a de um ator magnífico, como

Alberto Sordi. Mas a simples idéia de ele estar juntando reféns para fuzilar me dá arrepios...

Só esse pequeno episódio, à margem da História, dá a idéia da estupidez das guerras. Imaginem que o sargento se chamasse Hans ou Helmut e mandasse Fellini e Sordi embarcar no caminhão. Quem teria feito a *Doce Vida? Oito e Meio? Roma?* E *Giulietta?* A suave Giulietta Massina dos espíritos, que, cheia de dor, sobreviveu menos de um ano à morte do Maestro, o que seria dela? Não teríamos conhecido a doce Gelsomina, de *La Strada* e não haveria *Noites de Cabíria...*

E dos 335 que foram mortos, o que se perdeu? Quantos Fellinis desconhecidos se perderam sem que a Humanidade sequer suspeite? O que deixou de ser criado devido à estupidez do homem? Bom, seja como for, apesar de tudo, *grazie*, obrigado, sargento Fritz.

Raiva do Araribóia

(JB — 15 DE SETEMBRO DE 1999)

Qual de vocês já não teve professor ou professora que não desancou a colonização portuguesa, e não suspirou por Maurício de Nassau, afirmando que, se os holandeses tivessem colonizado o Brasil, este país seria outro? (Sempre no sentido de muito melhor...) Ilusão... se os holandeses tivessem vencido a batalha de Guararapes, o Brasil seria muito pior como país. É só olhar para a Indonésia, colonizada pelos holandeses, para ter uma idéia do tipo de país que seríamos. Lá a colonização foi feita por uma Companhia, a das Índias Orientais; aqui o Nassau era o CEO da Companhia das Índias Ocidentais. A exploração era a mesma. Nenhum país colonizado deu certo até agora.

Nenhum? E os Estados Unidos? Lá foi diferente. Foram dissidentes religiosos, os *quakers*, que eram uns ingleses sérios, tementes a Deus, que gostavam de trabalhar, emigraram fugindo da barra pesada em casa, e fundaram a Nova Inglaterra, do lado de cá do mar, as treze colônias. Construíram casas, plantaram, se instalaram, montaram seus ofícios, suas tipografias, suas manufaturas, instituições e prosperaram pra cima dos índios (no que não foram originais). Não havia ouro nem especiarias na terra nova e essa foi a suprema sorte dos americanos do norte, pois não atraiu aventureiros em busca de fortuna e retorno rápido para casa. Essa gente que cruzara o Atlântico Norte fundara um novo país e estava decidida a lutar por ele. Quando os ingleses resolveram deixá-los sem representação no Parlamento britânico, reduzi-los à condição de colônia, revoltaram-se e tornaram-se independentes.

Aqui era diferente. A metrópole tinha monopólio de tudo. No Brasil não se podia fundir um prego ou imprimir uma folha de papel. Era crime! Daqui tiraram o ouro, a cana, o gado, o café e tudo mais. Só tivemos duas chances de acontecer em nossa História colonial. A segunda foi quando D. João VI (que de bobo não tinha nada!) transferiu Portugal pra cá e resistiu pra levar de volta. Já pensaram? Unidos a Portugal e Algarves seríamos hoje um país membro da Comunidade Européia!

Mas a primeira oportunidade perdida é a que me faz ter raiva do Araribóia. Ó índio besta! Mas essa eu conto outro dia...

O que é e-mail?

(JB — 16 DE SETEMBRO DE 1999)

Encontrei, perdida entre velhos livros, uma pequena preciosidade, o *Almanach de Lembranças Luzo Brasileiro*, de 1897. Digo pequena porque o livro mede 13 centímetros e em suas 360 páginas reúne informações úteis, como os horários de trens em Portugal, os preços e rotas dos navios, impressões de viagens, pequenas biografias e homenagens, poemas, simpatias, crônicas, pequenas reportagens, conselhos sentimentais e remédios caseiros, charadas e enigmas, informações agrícolas, meteorológicas e quase tudo o que é possível imaginar.

Abro a página 307 e deparo-me com Ignez Sabino. "Conhecida escriptora brazileira." Nasceu na Bahia e teve educação esmerada na Europa, onde estudava Letras, mas a morte do pai obrigou-a a interromper os estudos e voltar para a Bahia, onde estudou "sciencias e litteratura" com Tobias Barreto. Escreveu o primeiro poema — "Rosas pálidas" — aos 12 anos. Abolicionista, colaborou com jornais do Recife e, ao mudar-se para o Rio, trabalhou em diversas publicações, entre as quais a *Gazeta de Notícias*, *O Paiz*, *Tempo*, *Gazeta da Tarde* e na revista *Echo das*

Damas. Em 1897, ano do *Almanach*, Inês trabalhava no *Jornal do Brasil*. Publicou os romances *Luctas do coração*, *Noites brasileiras*, *Alma de artista* e um livro de estudos históricos, *Mulheres ilustres do Brazil*.

Inês, segundo o *Almanach*, é "dotada de gênio alegre e expansivo, amando os jogos de espírito e tudo quanto diz respeito à arte. D. Ignez Sabino é grande amadora da música, que cultiva com distincção, tendo até composições suas, algumas já publicadas. D'uma índole chã e despretenciosa, natural, despresadora de reclames, amável, conversadora, sem pedantismo nem pose é uma das entidades mas sympathicas da litteratura do Brazil. Sua pena está sempre prompta para advogar a causa do progresso e para se occupar resolutamente de todos os assumptos generosos".

Vou à página 331 e descubro outra escritora, Elvira Gama. Elvira também trabalhou no *Jornal do Brasil*. Mineira, era solenista espontânea e delicada. "Escreveu no *O Paiz*, sob o pseudônimo Sinhá Miquelina, interessantes cartas publicadas na secção de Kinetoscópio." Em 1897 já havia deixado o *JB*, escrevia crônicas humorísticas na *Gazeta de Notícias* e preparava um livro de humor. Elvira foi precursora, interessou-se pelos primórdios do cinema e, num certo sentido, é avó do Xexéo, do Verissimo, do pessoal de *Bundas*, do *Casseta e Planeta* e todos os que procuram refletir a nossa realidade com algum humor, fiéis à máxima latina, *ridendo castigat mores* (rindo, castiga os costumes).

Hoje em dia as mulheres já são a maioria nas redações, mas imagino a coragem dessas pioneiras. Ser jornalista há mais de cem anos. Admirável! Onde foram parar? Cadê vocês, Inês e Elvira? Outro dia recebi um *e-mail* no qual um leitor desabafou: "Até que enfim pudemos ver a tua cara!" Confesso que não fiquei muito entusiasmado. No momento mesmo que vejo a minha cara estampada no jornal, vejo também o inexorável esquecimento que me aguarda, que nos aguarda, exceto para uns poucos eleitos e iluminados, como Mozart ou Dostoievski, que seguirão vivos e dialogando com a Humanidade pelos séculos dos séculos, amém!

Não tenho ilusões e perdoem-me o tom triste, mas acho que daqui a cem anos algum cronista sem assunto vai descobrir por acaso o meu retrato num velho recorte de jornal, amarelado pelo tempo. Vai descobrir o meu retrato e nossa conversa, que para ele fará tanto sentido quanto faz o *Almanach* para mim. O engraçado é que vai quebrar a cabeça para decifrar um mistério quase tão grande quanto o Kinetoscópio. Já posso vê-lo perguntando aflito (e essa será a minha, 'a nossa', pequena vingança): "O que é *e-mail*?"

Vovó vermelha

(JB — 17 DE SETEMBRO DE 1999)

Se há duas coisas que caracterizam bem a Inglaterra, uma é uma doce vovozinha tomando chá com *muffins*, em seu chalé, às cinco da tarde; e a outra é Bond... James Bond, o agente 007. Mas velhinhas inglesas podem ser surpreendentes, como já sabia *Dame* Agatha Christie, provavelmente a velhinha de mente mais criminosa que já existiu. Um de seus melhores personagens era *Miss* Marple, adorável e inofensiva *lady*, capaz de fazer Sherlock Holmes parecer um detetive amador.

E agora aparece Vovó Melita Norwood, 87 anos, a maior espiã da história. Desmoralizou 007, o M5, o M6 e quantos Ms houver no Serviço Secreto de Sua Majestade. Entregou os planos da bomba atômica à União Soviética e não se arrepende, diz que fez tudo "por amor". Ah, o amor! Imagino seus netos, ao longo desses anos. Eles sabiam que vovó era comunista e meio amalucada. Ouvia a *Internacional* na hora do chá, que servia em samovar, e tinha um retrato do Stalin na mesinha de cabeceira, mas ninguém ficou sabendo quando, um dia, David, o mais velho de seus netos, escondeu-se no armário e o fundo giratório deixou-o numa sala cheia de rádios, computadores, mapas e tudo mais.

"Uau! Que barato!", exclamou o guri e não contou pra ninguém o que viu, mas voltou várias vezes para jogar *videogame* no computador da vovó. Até que descobriu um que era radical! Irado! Eram uns submarinos com mísseis de um lado, em vermelho, e azuis do outro e uma ilha bem no meio. David armou o primeiro míssil e o mundo pareceu vir abaixo, em meio a alarmas que se acenderam na tela. Assustado, desligou e deixou o quarto às pressas.

O ano era 1962 e os jornais dos dias seguintes falaram um bocado da guerra iminente entre as duas superpotências por causa de uns mísseis em Cuba. Vovó ficou de cara fechada por um tempo, mas nada disse. Daí a alguns dias, David tentou voltar mas havia um cadeado enorme no fundo do armário.

Alguns anos depois, outro neto, John, descobriu uma maleta embaixo da cama da velha. Abriu e viu dezenas de pequenas peças que encaixavam umas nas outras. Hábil, montou a engenhoca e ficou muito parecida com... com... com o que mesmo? Ah! Com o rifle do Rambo! Com mira e tudo! Que brinquedo...

Foi à janela e mirou na cabeça do leiteiro... Ia apertar o gatilho, quando a vovó entrou e tomou-lhe a arma. Um estalo seco no último segundo, e lá se foi o leiteiro em seu caminhãozinho furado, deixando um rastro branco de leite derramado... Ninguém entendeu.

Mas o pior foi quando seu neto mais novo, James, entrou em seu carro. Um inofensivo Austin 1952, preto, impecável, ainda com as etiquetas da fábrica e trezentas milhas no hodômetro. O rapaz ligou o carro, "Tchuf!... Tchuf!... Tchuf!...", e a velha chaleira começou a descer a rua a vinte quilômetros. Até as vacas pediam passagem. Até que — aborrecido — notou o pequeno botão vermelho no meio do painel... O que está escrito? Gozado... parece russo... disse e apertou o botão... (BUM!) Tarde demais! Está em órbita até hoje...

Dancing Brasil

(JB — 26 DE SETEMBRO DE 1999)

Senhoras e senhores, bem-vindos ao Dancing Brasil. Aqui você dança, mesmo sem querer. Dança dia e noite, dança e paga, paga e dança e se bobear dança ainda um bocadinho e paga muito mais. Aqui, no Dancing Brasil, só não dança quem é esperto e tem bastante dinheiro para não pagar. No Dancing Brasil, quanto mais dinheiro você tem, menos paga (e também não dança, se não quiser). O espetáculo não pára, a orquestra está a cargo do eminente musicólogo, sociólogo e outros ólogos (todos os que você puder imaginar), maestro FH.

No começo ele até achava fácil reger a orquestra, mas em lugar de dedicar-se à partitura e melhorar o repertório, foi conversar com os sócios do Dancing para ficar mais um pouco à frente da banda. Contaram pros dançarinos e estes, embora meio desconfiados, pediram bis e ele continuou regendo. Aí melou geral. A orquestra anda um horror, cada um toca por si, e é um desafinado só (sem a bossa do João Gilberto). O ritmo é fuleiro, rastaqüera, autêntico *"pagodeaxédançadagarrafa"* e a orquestra toca em meio a uma enorme vaia dos dançarinos exaustos.

Ao piano, com olheiras profundas, Pedro Malão toca, com ar desanimado, sempre a mesma música, um bolero sem imaginação que tem atormentado os furibundos dançarinos: *La Estabilidad*. Para o público, a música tem uma nota só (nada parecida com a genialidade de João Gilberto), mas, fora da partitura, ela é cheia de notas pra banqueiros nativos e internacionais (que detestam dançar e só aparecem no Dancing para fazer o caixa, junto com uma dama sinistra, Madame Terminassian, agente do FIM, digo do FMI). Uma boa parte dos dançarinos já perdeu a última nota (junto com o emprego) há muito tempo porque não consegue parar de dançar, nem quando fica velho.

O mestre-de-cerimônias de nosso Dancing é o popular Toninho ACM, dublê de leão-de-chácara, que anda preocupado com a turma sem nota (sem emprego e de cesta básica arroz com feijão e só), pois se continuarem sem nota, um dia os dançarinos vão cair murchos e o Dancing corre o risco de fechar. É preciso manter a dança e a ciranda vivas, e um grupo de músicos "a um canto do Dancing" vem ensaiando uma musiquinha alternativa, um pouco mais animada, com mais notas, não muitas (e empregos). Trata-se de um baião: "o xote mexe e desenvolve", mas o Malão tem abatido, com tiros certeiros, todos os que querem tomar conta de seu piano e mudar o repertório do baile. No momento, a bola da vez é um tal de "Tápias y su Típica". O xerife ACM já mandou dizer que se Malão não melhorar o astral do baile em três meses... Malão paga pra ver e, enquanto aguardamos o próximo capítulo, Tápias vai afinando a sanfona.

Conta a história que o rei de Nápoles deu um grande baile no Palais Royal, em Paris, no dia 31 de maio de 1830. O conde de Salvandry, falando com o duque de Orléans, comentou: "É uma festa bem napolitana, meu senhor. Nós estamos dançando sobre um vulcão." Dois meses depois, a insatisfação popular explodiria na revolução de 1830. O duque de Orléans seria proclamado rei (Louis-Philippe, o último rei francês). Não tem nada a ver com o Dancing Brasil, aqui não temos vulcão nem revolução. Nosso futuro pode ser o caos, um tipo de baile *funk* com balas perdidas pra todo lado e o povo dançando, dançando...

Os Carbonários

(JB — 4 DE OUTUBRO DE 1999)

Ninguém suspeitaria do lugar. Uma casinha simples no subúrbio. Olhando de um lado para o outro, Michael Camdessus, diretor do Fundo Monetário Internacional, codinome Francês, caminha apressadamente. Sua expressão mistura preocupação e medo, há suor em seu rosto quando, chegando ao número 132, bate nervosamente à porta.

"A senha?", vem uma voz do outro lado.

"Camelo no buraco da agulha!", diz Camdessus, e a porta abre apenas para deixá-lo passar. Numa sala, nos fundos, sentados a uma mesa já estão os participantes da reunião clandestina naquele aparelho: James Wolfenson, presidente do Banco Mundial, codinome, Lobo; Lawrence Summers, secretário do Tesouro dos Estados Unidos, codinome Verão; Bill Clinton, presidente dos EUA, codinome Chupeta, e ACM, codinome Oxalá.

"O camarada Pedro (JPII) não vem?"

"Não, camarada Oxalá, ele está muito ocupado em Roma... jubileu, essas coisas, mas mandou dizer que vai nos contactar depois da reunião, nos novos pontos que marcarmos."

"Temos certeza de que ninguém nos seguiu?"

"Cheguei a ver alguns agentes da polícia do Malan na estação mostrando um retrato do camarada Brioche (Lionel Jospin) para uns transeuntes, mas parece que o ponto dele furou e sabe como é, né, camaradas? Todo o cuidado é pouco..."

"Bom, então vamos declarar aberta esta reunião do HIPC (*Heavily Indebted Poor Countries*, mas o PC da sigla é suspeito, todo PC é suspeito). Com a palavra o camarada Francês!"

"Como vocês sabem, camaradas, a situação dos pobres é insustentável. O neoliberalismo e a globalização aumentaram a distância entre ricos e pobres, o mundo anda cada vez mais injusto. Precisamos fazer alguma coisa..."

"Camaradas!", interrompeu Chupeta. "Às vezes acho que o sistema é tão injusto que os anarquistas estão certos. Essa situação só se resolve com a bomba! E eu tenho muita bomba!"

"Não! Não, camarada Chupeta, bomba, não!" A reunião pega fogo e no calor da discussão ninguém percebe quando o delegado Fraga mete o pé na porta e entra com um bando de homens armados.

"Teje todo mundo preso! Leva pro camburão que o delegado Malan quer ter uma conversinha com esses comunistas!"

A vida vendida

(BUNDAS — 5 DE OUTUBRO DE 1999)

"Seu filho quer doar sangue? Mas há um problema... ele vai ter que pagar."

"Pagar pra doar sangue? Mas isso é um absurdo!"

"Não é não minha senhora, ele vai ter que pagar *royalties*, direitos autorais. Entende? Por estar fabricando sangue. Então a senhora não sabia que acabaram de patentear o sangue? Como? É como eu disse, o laboratório Hemotech, da Califórnia, acaba de patentear o sangue. Há vários preços que seu filho vai ter que pagar por estar fabricando ilegalmente. Doe ou não, ele vai precisar de uma licença do laboratório para continuar produzindo... qual é o fator RH dele?"

"Negativo."

"Chiiii... e o tipo sanguíneo?"

"Ó! Por quê?"

"Nossa! Ó negativo! Isso vai sair caro... não quer trocar o tipo de sangue de seu filho?"

"Preciso de um copo d'água."

"Pode tomar, mas antes de a senhora beber é bom que saiba que a Hydrotechnics, de Nova Jersey, acabou de entrar com um pedido de patente de duas moléculas de hidrogênio associadas a uma de oxigênio, resultando num líquido incolor, inodoro e..."

"Chega! Quero tomar ar..."

"Bom... não pretendia contar pra senhora, mas já que a senhora insiste em respirar, fique sabendo que a Airtechnics, do Novo México..."

Exagero? Vocês é que pensam! Nestes tempos de globalização e capitalismo selvagem solto no redemoinho, os modernos biopiratas estão patenteando tudo, desde seqüências de DNA de índios até plantas e processos químicos conhecidos há gerações. Às vezes nem são sutis em suas armadilhas. Nos Estados Unidos criou-se uma companhia, a Shaman Pharmaceutics, que está fazendo um levantamento dos conhecimentos dos Xamãs, os curandeiros índios de nossas florestas.

Eles aprendem com os feiticeiros quais são as plantas medicinais e patenteiam tanto o conhecimento quanto a planta e passam a estudá-la cientificamente, nos EUA, para encontrar o princípio ativo curativo, desenvolver remédios e faturar bilhões. No Equador, essa empresa praticamente erradicou uma planta conhecida como Sangue de Dragão desde o tempo dos incas e que atua como poderoso cicatrizante. Durante mais de dez anos a companhia predou as matas da Amazônia equatoriana levando ilegalmente para os EUA grandes quantidades dessa planta e patenteando-a com o fim de produzir medicamentos.

Recentemente, uma delegação de cinco Xamãs da região amazônica esteve em Washington para exigir que as autoridades americanas revoguem uma patente sobre o uso da Ayahuasca, uma planta alucinógena empregada há milhares de anos por inúmeras tribos indígenas em rituais sagrados. Um laboratório *yankee*, o Loren Miller, patenteou a Ayahuasca. A extinção, devido à biopirataria predatória e ao contrabando, ameaça centenas de espécies vegetais da Amazônia e dos Andes. A riqueza genética e de princípios ativos destas regiões é incalculável e enquanto — mais uma vez — dormimos em berço esplêndido, ou simplesmente queimamos o ouro, para plantar soja transgênica e ficar ainda mais dependentes das multinacionais da biologia predatória, os gringos estão à solta levantando, arrecadando, classificando e estudando milhares de amostras genéticas que, mais cedo ou mais tarde, vamos acabar pagando para usar. Isso na hipótese otimista.

Há outro cenário possível. Dentro de alguns anos, praticamente todas as populações amazônicas e boa parte de sua flora e fauna serão objeto de patentes internacionais, mormente americanas. Nós seríamos no máximo "fiéis depositários" dessas riquezas e estaríamos proibidos de usá-las. E se insistíssemos em dilapidar esse patrimônio, poderíamos estar sujeitos a sanções internacionais e ameaçados de perder a guarda dessas riquezas e do território "em nome da Humanidade", leia-se, dos piratas biológicos.

Quando a natureza criou a vida, não colocou nenhuma etiqueta de propriedade sobre a mesma e seus processos, e o homem vinha — bem ou mal — respeitando esse princípio mas isso acabou. Apesar da grita dos ambientalistas e de várias ONGs de meio ambiente e direitos humanos, o absurdo continua e não estamos muito longe do dia em que alguém vai patentear a fotossíntese ou a vitamina D que o Sol nos dá, e teremos que pagar para ir à praia para pegar uma cor, já que a melanina, o pigmento de nosso organismo responsável pelo bronzeado, será propriedade de um cartel de cosméticos.

Pagaremos para respirar o ar que nos cerca e comeremos produtos criados em laboratório, obrigando-nos a buscar as sementes sempre com o mesmo "grande irmão", já que as plantas não se reproduzirão mais espontaneamente e nem uma semente fértil será fornecida sem paga.

Nem as do homem. Para reproduzir, iremos a um catálogo, escolher filhos como quem compra uma geladeira ou um automóvel. Dá vontade de virar religioso e radical. Afinal, Deus nunca cobrou direitos ao homem pelo uso de sua criação enquanto o capitalismo dá-se o direito de pensar até aquilo que nem sequer passou pela cabeça do Altíssimo.

Cadê o dinheiro?

(JB — 7 DE OUTUBRO DE 1999)

Os pobres, decididamente, estão na moda. Boa parte dos responsáveis pela pobreza mundial faz hoje profissão de fé e juras, propondo eliminar esse flagelo. Os americanos falam em perdoar 100% da dívida dos países mais pobres. Parece louvável, mas é espantoso e imoral que tenham cobrado durante tanto tempo essas dívidas. Países pobres da América Latina, África e Ásia endividaram-se e endividaram-se para sustentar os privilégios de elites corruptas: os Mobutu, Duvalier & Cia., que aplicam o dinheiro nos países ricos, movimentando a economia desses países, que passam a ser credores e beneficiários dos mesmos empréstimos. Enquanto isso, sacrificam seus povos, obrigados a pagar juros escorchantes de uma dívida que não pára de crescer e não resulta no menor benefício social para aqueles que — efetivamente — tiram o pão da boca para pagar.

Quando era correspondente em Nova York, o Brasil já era campeão mundial de dívida externa, numa disputa acirrada com o México. Devíamos pouco mais de cem bilhões de dólares no início dos anos 80, arrancada que começou no governo Geisel, que assumiu o país com meros oito bilhões de dívida e largou-o com quarenta. Com os juros no espaço, esses quarenta chegaram facilmente aos cem bilhões de dólares. Freqüentemente, os banqueiros comentavam: "No Brasil pelo menos dá para ver onde o dinheiro foi parar, o que não ocorre no México, na Argentina e em vários outros países." Os militares estavam no poder e o Brasil multiplicava megaprojetos: Itaipu, Carajás, Ferrovia do Aço, Tucuruí, programa nuclear, construção naval, bomba atômica etc. etc.

Roubava-se? Certamente... e como! Basta ver os jornais. Mas algo parecia estar sendo feito, o país "bem ou mal" ganhava infra-estrutura, embora muitos dos projetos acabassem em rotundo fracasso, fruto do autoritarismo, como o programa nuclear. Desde então pagamos uma quantia absurda de juros e hoje devemos aos bancos internacionais mais de trezentos bilhões de dólares!

Pior foi a dívida interna. No governo Fernando Henrique cresceu quase seis vezes. Está a caminho dos quinhentos bilhões. Se somarmos as dívidas, chegaremos à casa dos oitocentos bilhões. Devemos o nosso PIB todo e ainda ficam faltando uns 150 bilhões de dólares do PIB do início do século XXI! Se o Brasil fosse o Flor do Lavradio, seu Manuel há muito tinha suspirado (ai, Jesus!), desistido do negócio e voltado para a "santa terrinha". Já o Magnussem, como bom jornalista sueco, não consegue entender, de jeito algum, onde gastaram toda essa grana. *Var? Var?* (Onde? Onde?), pergunta-se, aflito. E desconfio que minhas antigas fontes dos bancos americanos (já devem estar aposentadas, salvo o Bill Rhodes, que continua firme e forte), têm a mesma desconfiança sueca.

Afinal, ao contrário de então, não temos obras nem megaprojetos para mostrar. Já vendemos quase tudo o que era possível vender, na bacia das almas e a preço de banana transgênica, para resolver nossos problemas de educação, saúde, e equilibrar as contas... O que houve? O bicho comeu...

Basta comparar o que nos pagaram pelas privatizações com o preço da megafusão do MCI com a Sprint, que acaba de criar o monopólio privado das comunicações DDI no Brasil (vai ver que é isso que significa empresa-espelho). Foram 129 bilhões de dólares! Um quinto de nosso PIB! Sessenta Vales do Rio Doce! Some-se a isso outra notícia dos jornais afirmando que a desnacionalização em curso, principalmente no setor de serviços, fez triplicar a remessa de lucros nos últimos anos e teremos um quadro assustador.

Como essas empresas não exportam um prego sequer, vamos sangrar ainda mais. E quem prevê isso não é Fefeu, o filósofo, nem Apolônio, o indignado, mas gente como Antônio Ermírio de Morais e Edson Vaz Musa. O Brasil está ficando inviável.

Poder e tinta fresca

(JB — 14 DE OUTUBRO DE 1999)

O poder cheira a tinta fresca e quase não enxerga. Será que presidentes não desconfiam do que vêem, sempre que vão visitar um hospital, escola ou prédio público? Não dá para notar que, invariavelmente, o prédio foi recém-pintado e tudo está reluzente e nos trinques? O truque é velho. No tempo da imperatriz Catarina II, da Rússia, havia um príncipe chamado Potemkin, militar competente, primeiro-ministro e um de seu favoritos na cama. Catarina era insaciável (outra característica do poder).

Potemkin, depois de conquistar a Criméia, levou a imperatriz para um passeio à "Nova Rússia". Isso foi em 1787. Catarina, em seu barco, visitava os mares quentes de seu império e encantava-se ao ver, de vez em quando, ao longo da costa, reluzentes aldeias, lindos povoados, com belos camponeses, ricamente vestidos, saudando e dando vivas à monarca, no maior entusiasmo.

Tudo era magnífico. Era possível ver como a Rússia era uma maravilha, como a soberana era boa para o seu povo... Passada a comitiva de galeras reais, a "aldeia" era imediatamente desmontada e embarcada para outro ponto do trajeto, adiante, onde seria remontada e, novamente, daria à imperatriz a melhor das impressões sobre o seu país.

Na verdade, Catarina era alemã e não era nada boba. (Há quem diga que sabia de tudo, e tratava de enganar o embaixador alemão, que viajava na comitiva.) Em matéria de qualificação, era bem mais preparada que o nosso atual presidente, por exemplo, e trocava correspondência regular com gente como Voltaire e Diderot. Durante toda a vida, foi adepta do pensamento iluminista dos filósofos franceses, quis abolir a servidão, mas, ao morrer, aumentara-a a ponto de não deixar um só camponês livre na Rússia. Há coisa parecida hoje?

A palmeira precursora

Já vi algo semelhante às "aldeias Potemkin" numa visita a Manguinhos de um general-presidente menos qualificado que o atual presidente. Na entrada, havia um belo vaso com uma palmeira linda. Assim que o presidente passou, três homens removeram o vaso, colocaram-no numa Kombi e o levaram a um pavilhão onde, poucos minutos depois, chegou o general. Nem bem entrara no pavilhão, os mesmos homens carregaram o vaso para outro laboratório onde, pouco depois, aparecia novamente o presidente.

O vaso com a palmeira continuou viajando pela instituição, precedendo o ditador que, se não tivesse o olhar e a percepção embotados pelo poder, poderia ter chamado a atenção de sua comitiva para o grande "feito científico" de Manguinhos: estavam clonando palmeiras, com vaso e tudo! Já vira umas dez! Estaria errado mas não alienado.

Por que divago? Por vem num jornal FH reclamando da "grita" e afirmando textualmente: "Basta olhar os dados para ver o acesso às condições de mercado, o acesso a bens de consumo das populações mais pobres." De fato, por algum tempo, comeu-se frango a um real, venderam-se mais dentaduras e minissistemas de som. Os pobres não chegaram a passar férias na Grécia, mas a recessão há muito acabou com a festa. Está tudo nos "dados", mas talvez seja a hora de olhar menos para os dados e passar a olhar diretamente para as pessoas.

Os dados governamentais parecem "aldeias Potemkin". Mas seria melhor saltar do barco de vez em quando e ir além da cenografia. Seria aconselhável aos poderosos sentir o cheiro azedo e ruim da pobreza, nas *isbas* (morada rural russa), nos *ranchitos* ou nos barracos miseráveis dos camponeses e citadinos sem esperanças.

Aí é que mora a verdade dos números abstratos. Seria bom que o poder sentisse, de vez em quando, o cheiro do povo, que outro general-presidente (ainda menos qualificado, mas sincero) detestava, alegando preferir o de cavalo. Se conseguir o cheiro do povo, da pobreza, talvez o governante não perca o contato com a realidade e entenda que, por trás da frieza dos "dados", dos "números", e das "estatísticas", há milhares de vidas humanas que são vitimadas diariamente pela aritmética cega do poder.

O eclipse na bacia

(JB — 17 DE OUTUBRO DE 1999)

O realismo fantástico existe. Se você duvida venha comigo conhecer a família Cabo de Villa. Explico: menino ainda, encontrei-me no Paraguai. Éramos minha mãe e eu. Ela viúva, com um filho único, fugindo da Europa, atravessando o mar e terminando em Asunción. Como trabalhava o dia inteiro e não tinha com quem me deixar, havia uma espécie de creche e pensionato na casa da família Cabo de Villa e passava grande parte do dia lá. Somente no fim da tarde minha mãe vinha me buscar.

A chefe da família era a *señorita* Marcelina. Ela devia ter uns sessenta e muitos anos e pesava, certamente, uns 160 quilos. Era enorme e vestia-se com roupas coloridas e extravagantes. Vivia deitada em seu quarto abafado e era freqüente a visita do médico. Fiquei impressionado, um dia, ao entrar e vê-la com as costas nuas, cheias de pequenos vasos de vidro que o médico aplicava após girar rapidamente a boca junto a uma vela acesa. Retiradas, as ventosas faziam um barulho: *pop! pop! pop!* E deixavam as costas vermelhas de sangue sob a pele. Diziam que era diabética e que tinha que beber a própria urina e passei a ter nojo dela. Um dia morreu e lembro-me de tê-la achado descomunal.

Depois, vinha a *señorita* Isabel. Luto fechado. Nunca soube de quem (algum noivo inesquecível?). Expressão dura, angulosa, na casa dos 50, Isabel era o verdadeiro motor da família. Dava ordens, mandava e desmandava, botava de castigo...

Quem não ligava a mínima era um irmão dela, Benigno. Passava os dias deitado em seu quarto, de porre. O quarto tinha um cheiro forte e doce de flores podres e eu achava aquilo um mistério, mistério que atraía insetos e, atrás dos insetos, passarinhos que invadiam o quarto e saltitavam por cima do Benigno, macérrimo, sempre vestindo um camisolão branco, com a barba e cabelos enormes, grisalhos e desgrenhados. Parecia um São Francisco eternamente bêbado, cantando coisas incoerentes e velhas músicas mexicanas: *"Allá en el rancho graaaaande/ adonde yo viviiiiiiiia/ havia una rancheriiiiiita/ que alegre me deciiiiiiiiia...."*

Como Benigno jamais saía do quarto e nunca o vi bebendo, seu pileque perpétuo era um mistério para mim. Talvez se embriagasse à noite, quando eu já não estava ali. O cheiro, só entendi muitos anos depois, durante o curso de medicina. Era fedor hepático. Seu fígado devia estar nas últimas.

Havia também Adelita, irmã caçula de Isabel e Benigno. (Marcelina, acho, era tia ou algo assim.) Adelita era linda, morena de rosto arredondado e expressão de madona do *cinquecento* italiano, na faixa dos vinte anos, ainda cheia de viço. Nem *señorita* chegava a ser e às vezes juntava-se às brincadeiras infantis. Olhávamos eclipse do sol na bacia d'água e ríamos muito. Mas sua roupa, preta da cabeça aos pés, já prenunciava o futuro. Iria secar, estéril... eterna *señorita*... e ficar igual a Isabel. Triste Adelita... Naquela casa a vida estava num beco sem saída.

    E, finalmente, havia Santiago, o irmão mais velho. Ele era o meu ídolo. Capitão de gaiola do rio Paraguai, ia e vinha, em viagens que às vezes o levavam tão longe como Buenos Aires. Santiago era impecável em seu uniforme de almirante, alvo em contraste com as mulheres de luto. Era alto, forte, cabelos brancos bem aparados e presença imponente na ponte de comando do seu navio, que às vezes me levava para visitar, fazendo-me sentir o menino mais importante do mundo. Até tocar o apito: *tuuuuuuuuuu... tuuuuuuuu...* ele deixava e eu pegava na enorme roda do leme e imaginava os mares que cruzaria.

    A memória é assim... Hoje, salvo talvez Adelita, os outros estarão mortos, mas a verdade é que não morremos enquanto alguém se lembrar de nós, mesmo através da imaginação, certamente distorcida, de um menino. Marcelina deve estar bebendo néctar, Benigno deve ter ficado muito amigo do velho Chico e os dois estarão, certamente, conversando com os passarinhos. Isabel, bom, Isabel talvez tenha deixado de ser *señorita*, reencontrado seu antigo amor e voltado a ser doce. Isso pode ter acontecido no gaiola de Santiago, o único que — desconfio — tinha seus amores em cada porto e que hoje, certamente, navega nas nuvens do paraíso.

Quero minha utopia de volta!

(JB — 21 DE OUTUBRO DE 1999)

O grande erro do socialismo real, que acabou sumindo como uma bolha de sabão, foi ignorar a espiritualidade do homem, a sua transcendência e a eterna insatisfação e busca de respostas que atormentam a sua alma. Negar isso é negar o próprio homem e assim não há sistema que se sustente. E olhem que as propostas do socialismo — no papel — eram generosas. A construção de uma sociedade justa em que todos seriam iguais. Se é possível ou não, é outra questão. Tem jeito de utopia, mas o homem precisa de utopias para viver, desde que aprendeu a dominar o fogo nas cavernas. O que são a vida eterna, o paraíso depois da morte, o nirvana, o próprio paraíso do qual fomos expulsos, senão utopias? Descrente, não ouso incluir Deus nessa lista para não atrair sobre minha cabeça o anátema. *Vade retro!*

O erro do socialismo real foi acreditar que dando educação, saúde, possibilitando que todos comam, se eduquem e tenham trabalho seguro já colocava o homem, se não no paraíso, pelo menos em seu limiar. Limitando a utopia, matou-a, e a vida despiu-se de sentido para o novo homem socialista, que se transformou num burocrata que fabricava parafusos para cumprir meta, estabelecida por alguém "do alto", sem ter a mínima idéia do que fazer com esses parafusos. O socialismo real morreu por falta de imaginação.

Religião? É ópio! Pensar diferente? Nem pensar! "Como se pode ser contra o paraíso?" Pensa aquele que tem a ilusão de criá-lo. Ora, Deus, em pessoa, entregou o paraíso ao homem, e este foi contra, quis mais... Conta a Bíblia que Deus ao criar o homem e a mulher deu-lhes o jardim do Éden. Havia apenas uma pequena proibição: não comer o fruto da árvore proibida. Se o fizesse, o homem perderia sua inocência, teria ciência imediata do bem e do mal. Tão simples...

Ah, se o homem não fosse transcendente... estaríamos bebendo leite e mel até agora, no bem-bom. Nem precisava comprar roupa ou trabalhar... Mas não. Na mente do homem estabeleceu-se a dúvida: qual era a vantagem de continuar inocente? E não precisaria nem da serpente para convencê-lo. Se soubesse do bem e do mal estaria mais próximo a Deus. Seria mais parecido com ele. E lá se foi a maçã... O resto é o mundo no qual nos condenamos a viver. Trabalho, estresse, ódio, doença, morte, mas também amor, desprendimento, realização, vida, arte, ciência, generosidade...

Em momento algum estou defendendo o *status quo*. Sou favorável à maioria das propostas do socialismo, mas acho que as revoluções deveriam ser feitas, cumprir o seu programa e desaparecer rapidamente, antes de transformar-se em fósseis vivos, nos quais a busca da transcendência é substituída pelo culto grotesco ao líder, a ponto de mumificá-lo e exibi-lo depois de morto, exatamente a mais detestável e mórbida prática do cristianismo. Sendo que a religião tem a vantagem, inquestionável, da fé. Aos santos se reza. Quem vai pedir (e esperar) uma graça de Lenin?

Mas o problema não é só do socialismo. O capitalismo finge que acredita em Deus, vai ao culto ou à missa e imprime em seus dinheiros: "em Deus confiamos", mas na prática é tão estéril, hipócrita e muito menos generoso — novamente no papel — do que o socialismo. Ele é apenas mais esperto, porque, como o diabo, é mais velho.

Vamos olhar o mundo em que vivemos neste limiar de milênio. Os oligopólios se devoram, numa luta mortal por mais uma fatia de território, de mercado, ou para impor um modo novo de comer, de divertir-se, de plantar ou falar ao telefone, enquanto a maioria da humanidade permanece à beira da estrada. Os outros, os inseridos no sistema, perseguem, obsessivos, o DVD (com *zoom* e 23 pontos de vista), o computador com processador Bill Gates X-2000, sem *bug*, a máquina digital, o CD, o carro com injeção eletrônica e um mundo de bugigangas inacessíveis à maioria.

E vamos chegar ao Brasil, onde um homem que perseguiu a utopia em seus escritos e em sua ação chegou ao poder. O que fez? Transformou a utopia em "utopia do possível". O que é isso? Um absurdo, pois as duas categorias, utopia e possível, se repelem. Abro o jornal, o primeiro que me vem à mão, e leio: "Petrobras ajusta o seu patrimônio. Caixa reduz juros para empréstimos. Alerta do FED assusta e bolsas caem... Bancos não repassam IOF..."

Haver, dever, livro-caixa, *spread*, ajustar, pagar as contas, taxa de juros, apertar, demitir, arrecadar, CPMF; vivemos, em geral miseráveis, na tesouraria de um grande banco que não nos diz respeito, salvo para tirar o nosso couro, através de impostos cada vez mais escorchantes. É isso a "utopia do possível"? Se for, é melhor o suicídio.

O fato é que é impossível para o homem viver sem imaginação, sem utopias. Um mundo de igualdade, de liberdade, de fraternidade, de paz. Um país justo, onde crianças brinquem e estudem felizes e amadas, e não tenham que se prostituir aos nove anos, cheirar cola, assaltar ou mendigar em sinais ou calçadas. Um país onde ninguém seja obrigado a dormir nas ruas, por não ter direito a pedacinho de chão, arriscado a ser transformado numa pira. Um país em que crianças e adultos possam viver a plenitude de suas vidas, expressar seus pensamentos e não catar comida nos lixões. Um país onde todas as gerações possam ter meios para exercer a sua criatividade, recebam as mesmas oportunidades, possam expressar suas opiniões e discordâncias sem a menor coação, respeitando e sendo respeitados como cidadãos. Um país no qual a ética será sempre a primeira das considerações do indivíduo, antes de exercer alguma ação. Um país em cuja bandeira se restitua (e pratique) o pensamento originador de nosso lema nacional, acrescentando-se "amor" ao "ordem e progresso".

Uma utopia é uma idéia irrealizável em sua totalidade, mas é uma força propulsora, um momento de partida com a força do infinito para chegar ao possível. Partindo apenas do possível, não iremos a parte alguma, andaremos para trás. Uma utopia é uma idéia pela qual vale a pena viver e até morrer, se necessário for, para defendê-la. Existirá alguém, no Brasil ou em todo o mundo, capaz de dar a sua vida para cumprir as metas do FMI? Ou pela falta de imaginação e de humanidade do debate econômico atual? Pobre utopia possível, pobres de nós...

Coisas russas

(JB — 24 DE OUTUBRO DE 1999)

Eram velhos e tristes, com ar de nobreza puída e arruinada. Todos os dias reuniam-se para almoçar no La Ville de Petrograd, pequeno restaurante, na rua Daru, na "Pequena Rússia" de Paris, em frente à bela Catedral de São Alexandre Nevsky, com suas torres de arremates dourados em forma de cebola. Falavam baixo, lamentavam-se, lembravam da "Santa Rússia" e de como eram bons para eles aqueles tempos.

Recordavam-me do velho conde russo, personagem da minha infância. Vivia em Asunción, perto de nossa casa. Meio mendigo, atormentado pela meninada cruel que se divertia com seus impropérios em russo, tudo nele era gasto: as calças, o casaco, a camisa e até um lenço que usava no pescoço. Diziam-no russo branco, fora riquíssimo, senhor de muitas terras, lutara contra os revolucionários de 17, perdera tudo, vagara pelo mundo até acabar no Paraguai, de onde não sairia.

Certo dia, condoída pelo estado precário de seus sapatos, minha mãe comprou-lhe um par novinho. O conde agradeceu (era gentilíssimo e falava um francês perfeito).

"Cara senhora, lhe agradeço muito mas não posso aceitar o seu presente. Quebraria minha harmonia. Olhe-me e veja. Tudo está adequadamente velho, gasto: meus sapatos, minhas calças, minha camisa e meu casaco. Se aceitar os seus sapatos, o estado deles tornará evidente a decadência do resto. Precisarei de novas calças para combinar com os novos sapatos, que por sua vez clamarão por nova camisa e assim por diante... Mais uma vez, senhora, muito obrigado, mas não se incomode comigo. Estou perfeitamente bem como estou", disse e retirou-se, altivo mas já desligado deste mundo.

O interior do La Ville de Petrograd era pintado tristemente em tons de cinza, as mesas postas com desleixo e, nas paredes, cartazes desbotados de turismo (da URSS), pequenas janelas virtuais de um mundo perdido para a maioria dos que comiam ali. Dominando a cena, um retrato de Nicolau II, o último tzar Romanov, fuzilado pelos bolcheviques.

Uma tristeza infinda, contagiosa, dominava o ambiente. O exílio, sem esperança, de quem vai morrer em terra estrangeira. Balalaicas tocavam, baixinho, velhas e tristes canções cossacas, e de barqueiros do Volga, há muito desaparecidos. (Ia lá para comer *stroganoff*, que durante muito tempo achei que só existia no Brasil. É quase isso. O nosso estrogonofe tem pouco a ver com o russo. Ainda mais com arroz!)

Voltei ao restaurante depois da queda do comunismo e o lugar era outro. Alegre, colorido, cheio de objetos de artesanato e lindas *matrioshkas*, bonequinhas coloridas de madeira que encaixam uma dentro da outra. Da maior, com a cara de Yeltsin, saía Gorbatchev, que guardava Andropov, do qual surgia Brejnev. Deste, emergia Kruschev, que continha Stalin, Lenin e, finalmente, Nicolau II, bem pequenino.

Russos, com jeito de emergentes da Barra, tomavam conta do lugar. Eram visivelmente ricos, alguns passados diretamente da *nomenklatura* (classe dirigente) comunista para as delícias do capitalismo selvagem e bandido. Havia cheiro de máfia, de algo ilícito no ar. Falavam alto, vestiam-se de modo extravagante, usavam jóias caras, exibiam-se e a música (*rock* russo) agredia, no último volume.

Logo imaginei que, em algum ponto de Paris, deveria haver outro restaurante: La Ville de Leningrad, soturno, dominado por um retrato de Lenin. Os clientes usam *chapka* (gorro de zibelina) na cabeça e capotes, alguns com o peito cheio de medalhas da "Grande Guerra Patriótica" (a Segunda Guerra). Fala-se baixo e ouve-se, em surdina, o coro de Exército Vermelho cantando a canção dos *partizans*. No cardápio há "chá ao KGB", onde a torrada é substituída por porrada. Todos, tristes e saudosos, lembram os "bons velhos tempos", como acontecia no La Ville de Petrograd. Não achei o restaurante, mas se arranjar um sócio (capitalista é claro) ainda abro um...

Como diria Fefeu, o filósofo: "A vida é uma caixinha de surpresas."

A Bic e o socialismo

(JB — 27 DE OUTUBRO DE 1999)

É moda dizer que o socialismo fracassou devido à natureza humana. Será? Se você quiser entender o socialismo, poderá ler a *História da riqueza do homem*, de Leo Huberman. Marx, Engels etc. já exigem mais disposição, mas se você quer MESMO entender como o socialismo dá certo, abandone a teoria e olhe à volta. O que vê? Capitalismo por toda parte? Engano seu... Há um enclave socialista, diria até comunista, sólido, consolidado, bem abaixo de nossos narizes e essa obra, revolucionária, foi criada por um conde francês de nome curtíssimo: Bic.

Ele é o inventor da caneta Bic. Não há nada mais comunista do que a caneta Bic. Quer ver? Se você não for encarregado do almoxarifado da empresa, for apenas um homem comum, responda: quantas Bics você comprou na vida? Quantas você já usou? Quantas usou DO COMEÇO ATÉ O FIM?

Nas respostas está o segredo. Normalmente (a não ser que seja almoxarife ou tarado), você não comprou nem 5% das Bics que usou em sua vida. E elas vêm e vão mas não pertencem a ninguém em particular. São socializadas e ninguém se desespera ao ver que sua Bic sumiu (experimente perder uma Parker), pois tem certeza de que, em meia hora, outra estará caindo em suas mãos. Você vai ao banco, preenche um cheque, pede emprestada a Bic e a põe no bolso, saindo lépido e fagueiro para esquecê-la com seu colega de trabalho que pediu-a "emprestada", mas recupera, logo adiante, outra, esquecida sobre a mesa...

As Bics se encaixam perfeitamente na máxima marxista: "De cada um, segundo as suas possibilidades, a cada um segundo suas necessidades." Quem pode (o almoxarife, por exemplo) compra muitas; quem precisa serve-se de acordo com a necessidade e todos ficam felizes.

Há maníacos pela propriedade que colocam tiras de papel no interior da caneta com seu nome. Só funciona — às vezes — se conhecermos o dono. Do contrário, olharemos para a caneta em nosso bolso e nos perguntaremos, lendo a tira de papel: "Quem, diabos, é Zwinglio Kelezogulu?"

Depois, balançando a cabeça, embolsaremos a caneta. Sem culpa. Eu não disse?

Fellini...

(JB — 30 DE OUTUBRO DE 1999)

Certo dia alguém perguntou a Federico Fellini, que estava com um ar distante e desligado, no que estava pensando. "Oh! Nada não! Estou apenas inventando minhas últimas reminiscências de infância", respondeu. É isso que fazemos sempre; os anos passam, as memórias se embaralham e lembramos de coisas que até duvidamos que tenham ocorrido. Não sei se era exatamente assim, mas que era, era....

...uma vez por semana, os alunos iam à igreja para confessar. No templo, dois confessionários e dois confessores, frei Raphael, novo, alto, atlético, olhos claros, idolatrado pelas meninas que lotavam a igreja durante suas missas. O outro, frei Constantino, era velho, magro, asceta, traços angulosos, mãos amareladas de nicotina, um bafo de cigarro insuportável e um chiado no pulmão que parecia uma chaleira no fogo.

Raphael despachava logo os seus penitentes, não demonstrava interesse pelos pecados dos adolescentes que faziam fila em seu confessionário. Terminava com um "muito bem, *Ego te absolvo!*" e dava penitência fácil: dois

Pai-Nossos e duas Ave-Marias. Conversa de dois minutos, dois e meio no máximo...

Frei Constantino aguardava, no escuro, como bicho acuado. Nem uma só alma se atrevia a confessar-lhe seus pecados. Ao cabo de eternos minutos abria a porta do confessionário, afastava a cortina, saía e deparava-se com a fila de frei Raphael. Percorria-a com o olhar implacável, minucioso... A fila sentia desejos de ser tragada pela terra. E chegava o instante temido. Erguendo a mão direita, apontava o indicador deformado pela artrite, para um infeliz e bradava:

"VOCÊÊÊ!"

A vítima parecia encolher e balbuciava: "Eu?", na esperança, vã, de ouvir um "não", mas o "SIM, VOCÊ!" era invariável, implacável e o infeliz atravessava a igreja num passo arrastado que levava uma eternidade. Quando frei Constantino iniciava a confissão, começava a diversão. Ele era surdo e queria detalhes minuciosos, do pecado, um verdadeiro *gourmet* do vício. A fila aproximava-se do confessionário para ouvir o diálogo entre o pecador e o seu carrasco.

"Diga-me, meu filho, você pecou contra a castidade?"

A resposta vinha murmurada, algo como "mnmbnm nnmbnn bbnnm mmnn..."

"O QUÊ? FALE ALTO, PECADOR! SE EU NÃO ESCUTAR, DEUS NÃO PERDOA! VOCÊ PECOU CONTRA A CASTIDADE?"

"Pequei sim, padre!"

"Quantas vezes? Sozinho ou acompanhado?"

"Mmnsm mnnnbmmmbmm."

"NÃO ENTENDO O QUE VOCÊ ESTÁ DIZENDO, SEU MUÇULMANO! VOCÊ VAI ACABAR NO INFERNO! QUANTAS VEZES? SÓ OU ACOMPANHADO?"

"Oito vezes, padre. Sozinho..."

"Você não tem vergonha, meu filho? O sexo, e principalmente o sexo solitário, amolece a vontade, o juízo, faz mal à saúde, você acabará tísico e com pêlos nas mãos. Em quem ou que você estava pensando enquanto se entregava ao vício impuro da carne?"

"Mnmnb, msmnsn, smmnbbbnn..."

"VOCÊ INSISTE EM FALAR PARA DENTRO! EM QUEM VOCÊ ESTAVA PENSANDO?"

"Na mãe de um colega, seu padre..."

O tempo fechava... descompostura em regra, usando freqüentemente o termo "muçulmano" para referir-se ao que julgava o cúmulo da depravação. Todos sabiam a quem o pecador se referira. A mãe desse aluno era o sonho do colégio. Era linda e usava calça comprida! Jamais soube como foi amada... No final, frei Constantino dava penitência de cem Ave-Marias, cinqüenta Pai-Nossos, vinte Credos e dez Salve-Rainhas.

Frei Raphael, que limpava a alma de uns dez pecadores para cada confissão de Constantino. "Dale Rafa!" era a torcida nas mentes daquela fila de adolescentes, cheios de hormônios, medos e fantasias. Quando frei Constantino terminava: *"In nomine Patris et Filii et Spiritus Sancti"*, a fila voltava a seu lugar, a vítima saía como se carregasse a cruz do Calvário e em alguns angustiantes segundos, o drama recomeçava:

"VOCÊÊÊ!"

O pintor e a morte

(JB — 31 DE OUTUBRO DE 1999)

Jean Cochin era um velho pintor que morava na Bute Montmartre, em Paris, numa pequena casa na Rue Lepic. Perto dali, tinha um estúdio que havia pertencido a Vlaminick. Pintava parecido com Utrillo, o estilo mais comum entre os pequenos pintores que lotam a Place du Terte, loucos para vender horrendas reproduções de impressionistas, cubistas, fauvistas, ou silhuetas habilmente recortadas em papel preto e cobradas a preço de ouro a turistas otários.

Sua mulher, uma virago enorme e ameaçadora, o atormentava dia e noite jogando-lhe na cara que poderia ter se casado com Picasso e só não o fizera porque — oh, engano de avaliação! — julgara-o melhor do que o catalão. Cochin jamais tivera tal pretensão, era humilde e honesto, conhecia suas limitações. Sabia que seus quadros não valiam nada e cobrava pouco, quase nada. Em conseqüência, estava sempre devendo à quitanda, à velha senhora da *fromagerie* (queijaria), que gostava dele e o mimava sempre com alguma gentileza, e ao botequim. Sua única companheira, incondicional, era uma gata siamesa, Messaline, que o acompanhava aonde quer que fosse.

 Mas Cochin gostava de pintar, e sonhava. Pensava sempre na mulher, que passou a odiar metodicamente, imaginando, fantasiando sua morte de mil maneiras. "Você não passa de um fracassado e eu que pensei estar casando com alguém que superaria Pablo!", ouvia mentalmente seus gritos histéricos, sempre que o dinheiro não dava para comprar os mantimentos no árabe da esquina, situação que a deixava particularmente furiosa.

 Como isso acontecia dia sim e no outro também, Cochin afogava sua tristeza no vinho. Passava os dias no Au Lapin Agile, antigo Cabaret des Assassins, enchendo a cara e, quando estava bem calibrado, ia para o estúdio e descarregava sua fúria e frustração sobre grandes telas. Aí se transformava num possuído, num De Koonig, num Pollok... era uma loucura cromática, explosão telúrica. Raiva vulcânica, de traços fortes e decididos. Matava aquela maldita... retalhava-a... Quando voltava a si, encontrava-se, invariavelmente, tão lambuzado quanto seus quadros. Depois de alguns cafés bem fortes, empilhava a tela junto a outras vítimas de seu destempero etílico e já sóbrio voltava a seus Utrillos e escondia, envergonhado, as provas de sua loucura.

 Madame Krilova, uma galerista russa, velha nobreza arruinada, era conhecida do pintor. Mas desprezava a sua arte até que um dia, por acaso, passou no estúdio quando Cochin estava furiosamente entregue ao transe e aos delírios de sua insanidade. Viu as telas e entusiasmou-se:

 "Mais sont des vrais chefs d'oeuvre! (São verdadeiras obras-primas!) Você é um gênio meu caro! *Quelle merveille!*

Se não tivesse visto com meus próprios olhos não acreditaria que você é capaz de criar tanta beleza, tanta expressividade, tanta força. Que tons! Que talento!", exclamava exaltada e maravilhada, prevendo que aquilo poderia valer uma fortuna. Afinal, ela tinha contatos em Nova York e providenciaria tudo. Cochin ficaria famoso.

Ainda levemente bêbado, Cochin ouvia mentalmente os gritos da mulher "...você não vale nada. Passei vexame com o açougueiro, seu sujador de telas!" e sua mente começou a girar acelerado, antevendo o momento da sua desforra. "Então minhas telonas são boas?", perguntou-se mentalmente e, virando-se para madame Krilova, perguntou:

"*Et moi, que fais je?*" (E eu, o que faço?)

"*Mourrrrreez! Mourrrreez!*" (Morrrrra! Morrrra!), respondeu a russa, com sotaque carregado e acrescentou: "*Je ferais le reste!*" (Eu farei o resto!).

Cochin sentiu o chão faltar-lhe sob os pés e quando o mundo começou a rodar, antes de tudo ficar escuro, ainda ouviu a gargalhada sarcástica da mulher:

"Melhor que Picasso? Ah! Ah! Ah!..."

Gato com jota

(JB — 3 DE NOVEMBRO DE 1999)

Quem ainda não foi atormentado pela dúvida de que esqueceu o gás aberto ou a porta ao sair de casa? Quem não saiu do trabalho com a sensação de ter feito besteira e ser tarde demais para corrigir? Demissão no dia seguinte! Era editor de artigos de *O Globo* e qualifiquei Dom Lourenço, reitor do São Bento (desde os tempos em que estudei lá), como "monge beneditino". Aquele "monge" ficou rodando em minha cabeça. Espantava-o mas não adiantava. Como na ária da calúnia, da ópera *O barbeiro de Sevilha*, a dúvida começou como *un venticello*, uma leve brisa, e cresceu, ganhando força, até transformar-se num terrível furacão. Não me deixou dormir. Monge! MONGE! MONGGGGGGE!

Levantei-me, não achei o Aurélio, voltei para a cama, arrasado. "Errei!", dizia-me um diabinho interior. "Monge é com 'J', é com JOTA: MONJE! Não, é com 'G', seu imbecil", pensava, e de repente veio-me uma idéia, definitiva, arrasadora, irrecorrível, deixando-me frio: "Qual é o feminino de monge? Só pode ser monga!" Monga é nome de mulher-gorila de circo, jamais de freira. "Estou perdido", pensava e suava frio, revirando-me, insone, na cama. "Idiota, você errou! O correto é monje, feminino monja. Amanhã, Dom Lourenço vai ligar pro jornal e vai ficar claro que você é um analfabeto. Ai, meu Deus!"

"Era tão analfabeto que escrevia gato com jota", dizia-se na velha redação do *JB*, ainda na Av. Rio Branco. De fato, trocar "G" por "J" pode mudar totalmente o sentido da frase e o curso da História. Imaginem a expressão: "O gato de Jesus." Troquem e terão: "O jato de Gesus." Não disse?

Não me lembro quando adormeci. De manhã peguei o jornal, abri com medo e lá estava escrito: MONGE. "Pronto! Escrevi gato com jota!" A terra pareceu abrir-se sob meus pés e não tinha certeza nem mais de meu nome. Quando, enfim, peguei um dicionário, abri rezando baixinho e encontrei a palavra MONGE, com "G", tive a mesma sensação de um náufrago já sem esperanças que vê terra firme. E o feminino? Simples! É MONJA, com "J".

A vida é bela!

O gnomo de Belfort Roxo

(JB — 7 DE NOVEMBRO DE 1999)

Vamos fazer um exercício de imaginação? Quem já não entrou numa loja de *souvenirs* e badulaques turísticos? Desconfio que essas lojas foram criadas com o único propósito de testar os limites do mau gosto. Vendem objetos, em geral dourados de metal barato reproduzindo o Arco do Triunfo, a Torre Eiffel, o Cristo Redentor, a Estátua da Liberdade, o Empire State, o Big Ben, ou o Coliseu. Há bolhas de vidro cheias d'água com paisagens de Montmartre, ou o monte Fuji. Elas têm pequenos grânulos brancos no fundo. Sacudindo-as, cria-se o efeito de verdadeira tempestade de neve. Há camisetas com padrões e cores indescritíveis, e (horror!) latas de sardinha contendo "ar de Paris". E chegamos às bandejas de asas de borboletas azuis, o mais original e brega dos ícones turísticos. Chegavam a ser interessantes. Hoje estão proibidas, em nome da sobrevivência das borboletas.

O que mais me fascina é a uniformidade de estilo. Em Ulan Bator, na Mongólia, ou na Quinta Avenida, em Nova York, é possível esbarrar em objetos com extraordinárias afinidades estéticas e culturais. Tão incrivelmente ruins que custa a crer seja imitação ou coincidência. "Aí tem coisa", pensei, e procurei minha boa amiga, *Miss* Marple (tomei emprestado de Agatha Christie), aproveitando que ia dar a volta ao mundo no Queen Elisabeth II, para contar-lhe minhas suspeitas.

"Não se preocupe meu filho, desvendarei o mistério", garantiu-me, em tom suave e segurando minhas mãos, antes de embarcar no luxuoso *liner* que a levaria pelos sete mares da vida.

Em três semanas chegou telegrama. *Miss* Marple estava em Tuvalu, na Micronésia, e trazia explicação extraordinária. O navio fundeara ao largo da ilha. *Miss* Marple pegou um bote e desembarcou, tratou de ir direto ao mercado, onde se concentravam lojinhas de lembranças de turismo. Esquecera de comprar um mimo para Hortence, velha e fiel dama de companhia, que a acompanhava desde o tempo em que fora mocinha, na Índia.

De repente, notou algo estranho nos objetos. Eram horrendos meios-cocos, gravados a fogo, onde estavam desenhadas uma casinha de pescador, uma praia com coqueiros e canoas cheias de nativos vencendo as ondas. Em todas estava escrito: "Estive em Tuvalu e lembrei-me de ti." Em todas? Não. Numa delas havia outra coisa escrita: "Estive em CAXAMBU e lembrei-me de ti."

"*This is very unusual, very strange, indeed*", murmurou a velha senhora. Como Caxambu viera parar ali? *Miss* Marple lembrava-se de Caxambu... Uma vez, há muitos anos, tivera um caso com um baixinho importante, Túlio... Getúlio, algo assim. Comprou o coco e ligou para *Sir* James Prescott, membro da Real Sociedade de Geografia, e contou-lhe o ocorrido.

"Minha querida? Você achou um tesouro! Não venda, nem faça nada sem falar comigo. Você acaba de entrar para o Clube dos Gnomos, e vai ser sabedora de um segredo que deve ser mantido, digamos... secreto."

E contou-lhe a mais incrível história. Numa gruta grega moram gnomos que, há séculos, fabricam badulaques turísticos e os expedem para o mundo inteiro. Eles não vêem jamais a luz do sol, nem conhecem as cidades que homenageiam em sua lida. Antes de começar contemplam uma foto, ou desenho, a reproduzir e o que devem escrever neles. Nos primeiros anos, os objetos ainda guardam certa relação com o original, mas à medida que o tempo passa, a memória rateia e a coordenação motora declina, começam a fazer objetos cada vez piores, até o "dia da exclusão", quando o gnomo erra o nome da cidade e escreve "Lembrança de Beirute" num objeto que dá uma vaga idéia da Golden Gate, em São Francisco. Nesse dia somem, viram pó de anjo.

Esses objetos são colecionados a peso de ouro por fanáticos que percorrem as lojas de *souvenirs* de todo o mundo, atrás de um Cristo Redentor com "lembrança de Kampala, Uganda", ou de uma pirâmide do Egito, onde está escrito "Grand Canyon, Colorado, maravilha da Natureza". Os mais valorizados até há pouco eram um postal do congresso nazista em Nuremberg, escrito em hebraico, e uma caneta, dessas que viradas do avesso tiram o maiô da mocinha, deixando-a nua. A inscrição na caneta era: "lembrança da coroação do papa".

Os objetos valem milhares, às vezes milhões de dólares, dependendo da raridade e absurdo. Contam os iniciados que um tal de Peter Munorow ficou riquíssimo ao descobrir uma Estátua da Liberdade, sob a qual estava escrito "lembrança de Belfort Roxo".

Já viram algum *souvenir* de Belfort Roxo? Nem eu... Como aquele nome foi parar ali é o maior mistério do Clube dos Gnomos até hoje. Ninguém conseguiu decifrar e os ingleses nunca conseguiram sequer imaginar onde fica Belfort Roxo.

Bom, foi assim que *Miss* Marple me contou. Acreditem se quiserem. Mas que há algo estranho nas lojas de turistas, ah, isso há...

O anjo exibicionista

(JB — 14 DE NOVEMBRO DE 1999)

Você acredita em anjo da guarda? Eu acredito. Não sei o jeitão deles, se são a nossa reprodução imaterial (nesse caso o meu anjo deve ser ridículo), ou aqueles anjões de camisolão vermelho bordado a ouro, cabelos compridos (louros, podia ser diferente?), asas brancas, enormes, e auréola dourada na cabeça. Belos como os anjos da anunciação do Beato Angélico, ou — finalmente — se são materiais e visíveis como o Peter Falk (aquele ator americano baixinho, que fazia o papel do detetive Columbo, lembram?), transformado em anjo pela imaginação de Vim Venders e que lê os pensamentos de todo mundo.

Vi o filme, chamava-se *Asas do desejo*, quando estava em Paris, trabalhando para o *JB*. Tive uma idéia maluca, que só não concretizei por timidez. Pegaria um lepitope (já tinha um naqueles idos de 1988), entraria num vagão do metrô, me identificaria e perguntaria ao primeiro ou primeira que se sentasse ao meu lado que me contasse o pensamento que estava tendo naquele exato momento, que eu o registraria. Levaria alguns foras, quem sabe uns tapas, mas talvez valesse a pena. Imaginem ter um corte linear do que as pessoas pensam quando vão para casa após um dia exaustivo de trabalho...

Mas falava de anjos. Estou convencido que há anjos de vários tipos. Há os superprotetores que não deixam o protegido dar um passo sem assisti-los. Caso contrário, alguém seria capaz de explicar a carreira da Ana Maria Braga? Há outros, relapsos, anjos do inferno. É só ver as crianças abandonadas pelas ruas, gravemente doentes em hospitais, maltratadas pelos próprios pais, que dá dó, a ponto de não dar pra entender por que o Padre Eterno não os entrega logo a seu parceiro na disputa pelas nossas almas não angelicais: o Diabo, o Danado, o Capeta, o Coisa-Ruim. Xô!

Há anjos burocratas, que ajudam nas pequenas coisas e dão a seu protegido vida fácil, oca, sem um laivo de emoção. Jamais serão desamparados, mas em compensação jamais conhecerão a alegria de pôr o pé no topo de uma montanha, após dura escalada e, abrindo os braços, contemplar o horizonte de um ponto de vista de que só os que fazem grandes coisas (e tem anjos competentes) são capazes.

E chegamos a meu anjo da guarda. Chama-se Gabriel, o danado. Não é aqueeeele Gabriel. Não tenho, nem mereço tal guarda-costas. O Gabriel mesmo, é arcanjo, e arcanjo é privilégio de quem tem, por baixo, 250 milhões de dólares *cash*, ou santidade pra dar e vender. Meu caso não é nem um nem outro. Mas o meu reles anjo raso, talvez contaminado pelo nome e achando-se o máximo, deu para ser exibicionista. Ai de mim! Aposto que se pular do Pão de Açúcar, o Gabriel dará um jeito de eu chegar ao chão sem um arranhão. Há cinco anos tive uma hemorragia de um aneurisma cerebral, morri durante quase três minutos, voltei a respirar pouco antes de virar alface, passei dezenove dias quase imobilizado, fui operado durante dez horas e um mês depois estava trabalhando normalmente, sem seqüelas.

Mas durante a cirurgia vi, ouvi e senti tudo, desde o corte dos cabelos até o bisturi dissecando a pele e os músculos do osso. (Fora as piadas dos cirurgiões.) Queria avisar que estava sentindo e ouvindo a broca furando os ossos da minha cabeça e que doía. Tentava, em vão, emitir um vagido, mexer com o dedinho mindinho. Sentia-me num filme de terror: um morto-vivo e autopsiado. Ouvia as vozes dos médicos e das enfermeiras, mas uma barreira inamovível me separava deles.

E não foi a primeira vez que aconteceram dessas coisas comigo. Arranjava o melhor dos empregos e a firma ia pro buraco no dia em que chegava pra tomar posse; passei direto, e em terceiro lugar, no vestibular de Medicina (mais de quatro mil candidatos) e descobri que nada tenho com isso. Sou capaz de perder o avião que vai cair, mas caio e me machuco na calçada meia hora depois. O problema é que Gabriel adora grandes desafios e se lixa pro resto.

Não quero mal ao Gabriel. Afinal, nestes 54 anos que estamos juntos, nunca deixou que eu quebrasse um ossinho sequer (e não foi por falta de tentativas da minha parte). Estou certo de que não viverei grandes desgraças (toc! toc! toc!), mas o meu sonho secreto é que um dia ele fizesse amizade com o anjo do Paulo Coelho e os dois resolvessem trocar de lugar por... 24 horas. Só 24 horas! Era tudo o que eu precisava, viu Gabriel? Só 24 horas...

"*La buena dicha*" dos anjos

(JB — 18 DE NOVEMBRO DE 1999)

Não tinha a intenção de voltar a falar em anjos, ainda mais depois de cobiçar o anjo do próximo, minha primeira incursão no que deveria ser o 11º mandamento, perdido em algum deserto egípcio, já que apenas dez chegaram a nós e nenhum se refere anjos. Se pequei ou não, está em aberto, mas como ninguém pode ser punido por fazer algo, a não ser que conste em lei, sinto-me livre para fazer *upgrade* em minha inveja e arranjar um jeito de Gabriel ficar íntimo do anjo Microsoft, que cuida do Bill Gates e dá todas aquelas dicas para ele. A turma da maçã, os maníacos por Macintosh, juram que Microsoft foi criado por eles e fugiu do paraíso encontrando-se com um americano pobre, cara de menino bobalhão... O resto vocês já sabem.

Bill, me empresta o Microsoft por vinte minutos?

Mas por que estou nesta conversa vã? Ah... sim! Ia falar de ciganos. Desde pequeno, no Paraguai, sentia atração e medo dos ciganos. Eles tinham carroções coloridos, armavam circo e as mães trancavam os filhos. Dizia-se que roubavam crianças e cavalos. Na maioria das vezes, ciganas multicoloridas, lenços vistosos e jóias em penca, liam as mãos para revelar *la buena dicha*. Uma vez, minha mãe rendeu-se e a cigana disse que eu morreria velho, seria famoso, mas tinha que tomar cuidado com a água, ou iria desta para melhor ainda guri...

Aos doze anos eu morava na Urca, nadava como um peixe. Imprudente, mergulhei e vi-me preso sob uma das chatas, usadas para criar o Aterro do Flamengo. O fundo, do tamanho de um campo de futebol, era um plano. Eu era um inseto magro, a pressão ascendente da água ameaçava colar-me ao fundo. Se ocorresse, morreria. Desesperei-me três, quatro, cinco vezes, dando impulsos para o fundo e buscando sair de baixo da chata. Era como se tivessem tampado o mar.

Num último e desesperado esforço, voltei a mergulhar. Bebera água e começava a perder a consciência quando aconteceu! Vi o filminho retrospectivo, que dizem que os moribundos vêem. Imagens desordenadas. De tudo ficou a impressão e a luz que percebi ao emergir a alguns centímetros do costado da chata. Gabriel conseguira! Agarrei-me a um cabo, vomitei e passei um tempão tremendo queimando adrenalina, antes de juntar coragem e voltar para a areia.

A cigana acertara. Nunca mais cheguei perto de uma, até a semana passada, quando parei no Alemão da Baixada, onde há ciganas desbotadas. Uma veio atrás de mim. Irritei-me, pedi que não insistisse. Disse-me: "Sua aura é luminosa, mas há um terrível encosto em você." Fechei a porta do carro, irritado, e aguardei minha mulher. Quando chegou, pedi-lhe que desse um real à cigana. Ao receber o dinheiro, veio em minha direção e pegando minha mão direita disse textualmente: "Você diz que vai morrer cedo (acertou a primeira), mas morrerá velho. Não reclame de seu anjo da guarda (a crônica 'O anjo exibicionista' só sairia no dia seguinte), ele foi amarrado por terrível feitiço e faz o que pode (engoli em seco). Vejo um encosto sério de alguém que se sentiu prejudicado por você, sem motivos, mas que fez uma bruxaria que, há alguns anos, pôs em grave risco a sua saúde ('o aneurisma!', pensei, quase em pânico), e causou grande dano ou matou alguém muito próximo a você." (Meu sogro morreu menos de um mês depois de minha cirurgia, atropelado por um ônibus que furou o sinal vermelho e na contramão!) A essa altura já estava retirando a mão, a cigana deu uns passes falando em romani e quis vender-me um talismã. Não comprei.

Não creio em esoterismo, nem atino com o que possa ter feito para motivar tal ódio. Estou à disposição para explicações. Mas há pessoas que têm o dom de penetrar nas mentes e extrair pensamentos, como se consultassem extrato bancário. Não creio em mau-olhado, mas minha sogra e vários amigos vivem falando nisso, dizem que me exponho demais. Isso fica na cabeça e a cigana "lê". Quando aprendermos a usar a mente não precisaremos mais de telecomunicações para entrar em contato com os outros. Mas, pelo sim pelo não, da próxima vez que subir a serra comprarei o tal talismã. *No creo en brujerías, pero que las hay, las hay.*

Ah! Ia esquecendo: me desculpe, Gabriel, velho de guerra...

Por que não nasci em Ubá?

(JB — 28 DE NOVEMBRO DE 1999)

O alemão foi minha primeira língua. Minha mãe comunicava-se comigo em alemão até os cinco anos. Adormecia ao som de uma cantiga muito popular na Alemanha, que Elsa adaptara e que começava assim: *"Fritzchen klein/ ging allein/ in die weite Welt hinem..."* (literalmente: o pequeno Fritz foi, sozinho, pelo mundo afora...). Aí entraram mais três línguas em minha vida, o espanhol, o guarani e o italiano, quando Elsa encontrou meu padrasto, Otello, no Paraguai. Nessa ocasião perdi a comunicação exclusiva que tinha com minha mãe.

Revoltei-me, recusava-me a tratar Otello como pai e não entendia o italiano, que os dois falavam, sentia-me excluído do paraíso, anjo caído e revoltado. Nunca mais falei alemão com minha mãe, passando a fazê-lo em espanhol. Foi como se baixasse pesada cortina. O alemão sumiu. Quase nada restou, nem as ruínas do entendimento.

Em compensação, aprendi italiano de forma quase milagrosa, sem que ninguém me ensinasse, e evitando a algaravia em que a língua de Otello ia se transformando (uma espécie de *script* da novela *Terra Nostra*), feita de falas e expressões misturadas. Um dia, casualmente, comecei a falar italiano, ante o espanto de Elsa e Otello. A essa altura estávamos em São Paulo, já chamava o velho de papai e aprendia português em meio à italianada palmeirense que chegava naqueles idos do início dos anos 50, a última leva migratória de lá pra cá. Hoje, infelizmente, vamos tão mal que há muita gente fazendo o contrário...

Jurava minha mãe (e acho que exagerava), ao garantir que a primeira palavra que disse foi *Gesundheit* (saúde). Ela espirrou e eu, no berço, disse "Saúde!". Oh, gênio! Não podia ser *Ma... Ma... ou Mu... Mu... Mutti*, como a chamava? Não! Tinha que ser *Gesundheit!* Se me tornasse médico famoso — Dr. Fritz — já imaginaram o efeito disso em minha biografia?

Várias vezes tentei voltar ao alemão, sem sucesso. Leio qualquer texto sem o menor sotaque (e sem a menor idéia do que estou lendo). Na aula pego tudo com uma facilidade que deixa os professores entusiasmados, mas basta acabar a lição e a pesada cortina desce novamente, apagando tudo. Eta, Édipo! Acho que vou fazer hipnose, regressão, para ver se desbloqueio, mas meu ceticismo visceral, produto de um gigantesco Superego blindado que herdei de Elsa, impede-me de fazê-lo.

E afinal, penso, pra que falar alemão? Não tenho qualquer intenção de ser filósofo ou Führer, de explicar ou dominar o mundo. Não tento nem entendê-lo... Li, há alguns dias, na sempre interessante coluna do Arthur Dapieve, em *O Globo*, uma piada de nosso amigo Marzagão, que contava a história de um velho que lutava para aprender latim, pois dizia que esperava ir para o céu e queria falar a língua oficial do pedaço. "E se você for para o inferno?", perguntou um amigo urso. "Não tem problema", respondeu o velho. "Eu já falo alemão."

Peço licença aos amigos Dapieve e Marzagão para discordar. Peguem alguns CDs e ouçam a *Paixão segundo São Mateus*, de Bach, e duvido que não achem o alemão lindo. Experimentem ouvir o Dietrich Fisher-Dieskau cantando o *lied* (canção), *Andie Musik*, de Schubert; ouçam os recitativos e árias da *Flauta mágica*, de Mozart, ou algumas árias da *Música incidental*, de Beethoven, e descubram que, cantado, o alemão pode ser celestial. Afinal, Goethe não podia estar tão errado e escrever poemas numa língua que chama borboleta de *Schmetterling* (...mas que parece marca de *panzer*, ou canhão, parece...).

Und...

Se isso não bastar, nasci numa cidadezinha chamada Timmendorferstrand. Nunca, em minha vida, consegui encaixar isso no espaço "local de nascimento" de qualquer formulário. Invariavelmente sobra algo. Ai, meu Deus, por que não nasci em Ubá?

Auf wiedersen...

A pedra do fim do mundo

(JB — 29 DE NOVEMBRO DE 1999)

Às vezes penso na teoria do caos, aquela segundo a qual o bater de asas de uma borboleta na Tailândia pode provocar um furacão nos Estados Unidos...

Calma! Não vou falar de economia... Outro dia, meu amigo Cesarión Praxedes mostrava-me grande reportagem que fez há alguns anos, para a *Manchete*, percorrendo o rio Amazonas, da nascente nos Andes, até a foz, em Marajó. Uma foto colorida, de meia página, mostrava um pequeno riacho de águas cristalinas, que se bifurcava.

"Você tá vendo? Aqui", dizia Cesarión, "o riacho se divide. O ramo da esquerda vai dar no lago Titicaca, e o direito forma o Amazonas. Quando tiramos a foto, tinha mais água indo para a esquerda do que para a direita, peguei uma pedra e fiz uma pequena barragem e ficou assim, com mais água indo para o Amazonas", explicava, enquanto eu sentia um pânico crescente que começava a tomar conta de mim, suando frio, pensando...

Imaginem... alguns dias depois dele ter passado pelo Viracocha, esse é o nome do riacho que forma o rio-mar, os bolivianos e peruanos começaram a notar uma inquietante baixa de nível do Titicaca. A água descia em média vinte centímetros por dia e satélites de observação em órbita geoestacionária registravam o progressivo encolhimento do lago. Enormes peregrinações ao santuário de Nossa Senhora de Copacabana (a Copacabana original é lá) não detinham a progressão da imensa cratera que surgia nos Andes, enquanto tempestades de sal destruíam o pouco que restava de agricultura na região.

Ao mesmo tempo, estações hidrológicas do Instituto de Pesquisas da Amazônia registravam alta constante no nível do rio. Mais de dois terços de Manaus estavam submersos em duas semanas, e chuvas torrenciais devastavam toda a América do Sul, o Caribe, até o México. Em conseqüência, ciclones no Texas e tempestades de areia na África...

"Foi a pedra!", foram as últimas palavras de Cesarión Praxedes, derradeiro sobrevivente da terrível peste que dizimou a humanidade, alguns meses depois da grande reportagem nas nascentes do Amazonas...

Pelo sim, pelo não, quando forem a um lugar desses, lembrem-se: é melhor não mexer em nada, nada mesmo! Deixem tudo com está. Afinal, nunca se sabe...

As mãos de Ediene

(JB — 2 DE DEZEMBRO DE 1999)

Ediene tem dezesseis anos, rosto redondo, trigueiro, índio e bonito das meninas do sertão nordestino. Vaidosa, põe anéis nos dedos, pinta os lábios com batom e nada com as amigas. Mas Ediene é diferente. Jamais vai poder abraçar, não poderá apertar a mão, nem namorar de mãos dadas, nem dar o braço a algum namorado. Se tiver filhos, não vai conseguir aconchegá-los em seus braços para dar-lhes o calor e o alimento dos seios de mãe. A razão é simples: Ediene não tem braços.

Ela os perdeu numa maromba, uma máquina do século passado, onde dois cilindros de metal amassam barro para fazer telhas e tijolos numa olaria. Os dedos que ela enche de anéis são os dos pés, com os quais escreve, desenha e passa batom nos lábios. Ediene, ainda menina, trabalhava na máquina infernal, quando distraiu-se e a massa de terra misturou-se ao sangue e seus braços voltaram ao barro. Ediene é apenas uma das centenas de crianças mutiladas, todos os anos, enquanto exercem ofícios de gente grande em troca de alguns minguados cobres, indispensáveis para manter a vida de famílias miseráveis em todo o país.

O trabalho infantil, no qual crianças, a partir dos três anos, ajudam as famílias dando duro em canaviais, carvoarias, plantações de sisal, garimpos e olarias, sem direito ao estudo, a brincadeiras, ao convívio dos amigos, infância para sempre roubada para ganhar quantias miseráveis, entre R$ 12,50 E R$ 50,00 POR MÊS DE TRABALHO, COM JORNADAS DE ATÉ 14 HORAS! Quanto tempo você leva para gastar R$ 12,50?

O que consegue comprar com isso? Pense nisso e reflita que isso custa UM MÊS de trabalho duro de um menino semi-escravo.

Pois é isso, entre R$ 12,50 e R$ 50,00, que o governo FH resolveu destinar ao programa de Erradicação do Trabalho Infantil. Mas nem essa miséria o governo está pagando, segundo denuncia a *Folha de S. Paulo*, em artigo do repórter Mário Cesar Carvalho. Em Ariquemes, Rondônia, 263 famílias que têm crianças de até cinco anos trabalhando em minas de cassiterita pararam de receber a bolsa do governo em junho.

O custo total do programa é de R$ 82,7 milhões ao ano, pagos pelo Ministério da Previdência, beneficia 130 mil famílias e é considerado um dos mais bem-sucedidos do atual governo na área social. Enquanto o país assiste, estarrecido, à onda de criminalidade de alto coturno, enraizada em setores do poder, conforme vai revelando a CPI do Narcotráfico, as crianças mártires continuam vítimas do que Marx chamou de processo de "acumulação primitiva" do capitalismo, fase em que ele é extremamente selvagem e que os europeus conheceram nos séculos XVIII e XIX, quando meninos e meninas de até cinco e seis anos eram usados para o trabalho em minas de carvão, por poderem entrar mais facilmente em galerias estreitas.

Trabalhando em condições subumanas, essas crianças morriam cedo, antes de completar vinte anos, de tuberculose e todo o tipo de doença pulmonar em galerias onde muitas vezes tinham água quase à altura do pescoço, isto quando não eram soterradas pelas explosões ou desabamentos, comuns no interior dessas minas. Na Europa, pelo menos depois disso veio o capitalismo com lei, enquanto entre nós ninguém sabe quando, e se chegarmos a ser capitalistas...

Ventre Livre?

No Brasil, desde 1875, com a Lei de Rio Branco, ou do Ventre Livre, extinguiu-se a escravidão infantil. Era lei safada, típica de um patriciado que espreme até o sumo da casca da laranja. Determinava que os filhos de escravos eram livres, mas, dos 8 aos 21 anos trabalhariam (de graça) para o amo de seus pais, a menos que o Império indenizasse o senhor.

Mesmo essa lei sem-vergonha só punha os meninos para trabalhar aos oito anos, idade na qual muitas crianças-escravas de hoje já são mutiladas. Qual é a lei que pune os senhores e feitores dessas crianças? Fala-se em resgatá-las pagando mísera quantia (pelo menos não ao senhor), mas nada se diz sobre as duras penas da lei que deveria castigar os bandidos que usam mão-de-obra tão indefesa, sem direitos.

Dalcenina tem treze anos, e perdeu o couro cabeludo e as orelhas quando seus longos cabelos, dos quais tinha orgulho, ficaram presos numa maromba. Dá para imaginar a sua dor? A bolsa que o governo lhe ofereceu foi de R$ 12,50, que seu pai rejeitou por considerar — com toda a razão — irrisória. Ele vai processar o governo que vai, certamente, mover toda a sua máquina jurídica para negar reparação a uma criança ou estabelecer o seu valor "justo": R$ 12,50. (Quem falou em "Mãe Gentil"?) Para cada dois irmãos, o governo dispõe-se a pagar R$ 25,00. Segundo o jornal *O Liberal*, do Pará, em Abaetuba essa quantia foi oferecida a 690 famílias com 1.109 crianças. Quem aceitou tem recebido a bolsa com atraso de três meses. Resultado: as crianças continuam a trabalhar nas olarias e deixam a escola de lado. A maromba, faminta, agradece.

Enquanto isso, vemos prefeituras como a de Caxias, no Maranhão, desviar em seis anos nada menos que R$ 40 milhões (!) em recursos do Sistema Único de Saúde para os bolsos de prefeitos corruptos e quadrilheiros, e verificamos que em boa parte das 5.507 prefeituras do país a corrupção corre solta e, através de notas frias, retira-se dinheiro de programas como o SUS, o Fundef (Fundo de Desenvolvimento da Educação Fundamental), criado para manter as crianças na escola até completar o primário, ou ainda da própria merenda escolar.

Os prefeitos, aqueles que por definição "conhecem os problemas de suas regiões" — desculpa que o poder público tem usado para justificar o destino de parcelas cada vez maiores de recursos às municipalidades —, são os primeiros a saquear o erário e literalmente tirar o pão e a escola da boca e da mente das crianças que muitas vezes conhecem, e a deixar os doentes e desvalidos apodrecer sem remédio.

Até quando? Talvez fosse o caso de aproveitar a proposta da reforma do judiciário e adotar de vez a lei muçulmana: a Charia. O ladrão teria a mão decepada. Se fosse ladrão hediondo (o que rouba de crianças e doentes é ladrão hediondo), teria ambas as mãos cortadas ou, de preferência, esmagadas numa maromba bem azeitada.

O Aurélio define, entre outras coisas, maromba como esperteza e malandragem. Se todos os marombeiros, ladrões deste Brasil, conhecessem a maromba das olarias, ou pelo menos tivessem medo de perder as mãos nela, talvez Ediene não fosse obrigada a escrever com os pés e pudesse carregar no colo seu filho e acariciá-lo, feliz, com o carinho que só as mães conhecem.

Freud, Tom & Jerry e o Dr. Fritz

(JB — 5 DE DEZEMBRO DE 1999)

Desde que Sigmund Freud inventou a psicanálise, há cem anos, o mundo mudou. A verdade é que o austríaco só deu novos nomes a coisas que já existiam antes dele e usou e abusou da mitologia grega para explicar por que todas as crianças são taradas. Segundo Freud, a personalidade tem três componentes, o Id, que seria o instinto, as pulsões ancestrais, aquela vontade de sair por aí pelado, para muito sexo, drogas e rock'n'roll. Ao Id, opõe-se o Superego, que é parecido com uma mulher gorda e truculenta empunhando um rolo de macarrão e que ao menor impulso da libido bate em sua cabeça com o rolo e rosna (em alemão) *Nein! Nein! Nein! Verbotten!* (proibido). Da ação desses dois nasce o Ego, ou eu, que nos seres humanos normais (existem?) será um equilíbrio entre o Id e o Superego. Ou seja: você pode sair por aí para muito sexo, drogas e rock'n'roll, mas não esqueça de pôr a roupa.

Há explicação mais simples para o comportamento, a teoria Tom & Jerry. Quem não se lembra do Tom dividido entre os conselhos de um pequeno gato, idêntico a ele, com bata, auréola e asas, tudo branco, e outro, igual, vermelho, com chifres, tridente, rabo e capa preta? Os dois, anjo e diabinho, viviam às turras, enlouquecendo o pobre Tom. Se chamarmos o diabinho de Id e o anjo de Superego teremos produzido uma síntese perfeita de psicanálise, religião e Tom & Jerry.

Todos nascemos com um anjo da guarda e também um diabo da perdição que nos acompanharão vida afora. O diabinho vive insistindo para termos um caso com a vizinha boazuda do terceiro andar, enquanto o anjo, após esgotar (inutilmente) todos os argumentos morais, lembra que o maridão da desejada vizinha é instrutor de karatê, faixa preta e sexto *dan*. Para desespero do diabinho, nosso Ego acha mais prudente permanecer inteiro, e a virtude triunfa mais uma vez. É isso que se quer dizer ao afirmar que "Deus escreve certo por linhas tortas".

Ao longo da vida o homem vai escolhendo, ora o anjo, ora o diabinho, e é o livre-arbítrio, eterna disputa entre bem e mal, que torna o homem fascinante. Ser absolutamente bonzinho deve ser insuportável. Até Cristo perdia a esportiva às vezes. Do mesmo modo seria intolerável conviver com alguém mau 24 horas por dia, que acorde cuspindo no chão, pise nas flores, chute o cachorrinho, jogue o ceguinho no bueiro, roube o doce de uma criancinha e bata em toda a família ao voltar para casa. O pior vilão tem seu dia de Irmã Dulce e todo anjo tem seu dia de vilão.

Acho que há momentos em que o anjinho e o diabinho entram em acordo. Aconteceu comigo. Desde a Faculdade de Medicina tinha problemas com o Dr. Fritz.

Imaginem um ambulatório de psiquiatria, onde só vai quem não regula bem, e descobre que pode ser atendido pelo Dr. Fritz em pessoa? Todos vinham atrás do milagre e eu nem sabia medicina direito...

Formei-me no mesmo ano em que, em Congonhas, morreu Zé Arigó, o mais famoso *cavalo* (incorporador de uma entidade) do Dr. Fritz. Durante dias pareceu-me ouvir um zunzum em minha cabeça até que o anjo falou:

"Olha, Fritz, detesto dizer isso, a idéia foi daquele chifrudo, mas acabamos concordando e vou recomendar o que pode ser a solução de sua vida. Você vai, já, para Congonhas, aluga a casa do Arigó e põe uma placa na porta: 'Dr. Fritz. Médico'. Em teu consultório (deve ser simples), pregarás na parede dois documentos emoldurados: o diploma de médico e a certidão de nascimento, a original, aquela em gótico e com uma cruz gamada (nasci na Alemanha em 1945). Na proposta dele você 'incorporava' o Dr. Fritz, mas discordei e chegamos a um acordo melhor: seja você mesmo, Fritz Utzeri, faça medicina de roça: partos, redução de fraturas, pequenas cirurgias, imobilizações, vacinas, curativos, pediatria... Em dois anos estarás rico, serás prefeito, deputado, governador e todos vão jurar que você tem mesmo algum poder extra-sensorial."

"Vai fundo, garoto!", disseram os dois e juro que ouvi um "tchin-tchin" e percebi que alguém estava bebendo o que me pareceu champanhe (senti o cheiro).

E o que fiz? Nada! Falhei na única vez em que meu Id e o meu Superego concordaram. Não me perdôo, principalmente quando reclamo da falta de dinheiro e ouço nitidamente, um ou outro, dizer: "Tá mal porque quer, meu chapa! Nós demos a fórmula, você não quis, agora não chia!" Juro que ouço sempre risinhos abafados depois desse comentário. Será que o meu Id e o meu Superego estão me gozando?

Acho que só o Dr. Freud pode explicar esse dilema...

Histórias sem fim...

(JB — 2 DE JANEIRO DE 2000)

Quando morava em Nova York, assinava as temporadas de ópera do Metropolitan e da New York City Opera. Uma coisa que me intrigava é que, do segundo para o terceiro ato, invariavelmente, parte considerável dos espectadores sumia. No começo achei que não estavam gostando, mas depois entendi. Era o pessoal do subúrbio, que morava fora de Manhattan. Eles tomavam o último trem para casa, que saía da Grand Central por volta das onze e meia da noite. Devido a isso, boa parte do público jamais assistia ao final das óperas.

Eles não ficavam sabendo se Dom José casa com a cigana Carmem, se escolhe a doce e amorosa Micaela, se mata Carmem, ou se resolve viver com Escamillo, o toreador. Triste indecisão... E Radamés e Aída? Acabam bem ou mal? E Sparafucile? Contratado pelo bufão Rigoletto, mata o irritante Duque de Mântua que vive cantando *"La donna é mobile"*? Ou acaba, por engano, matando e ensacando a suave Gilda, filha de Rigoletto, que resolve morrer no lugar do amado duque? E Fígaro? Dom Giovanni? Já pensaram ir à ópera, ano após ano, e jamais chegar ao final das histórias? Isso deu-me uma idéia que passo, grátis, a quem quiser. Garanto que dá dinheiro.

Trata-se de montar, em Nova York, a *Suburban Opera Company*, especializada em terceiros atos. Só os atos finais. A coisa podia ser mais ou menos assim: a bela Tosca se mata, depois de vingar-se e liquidar o infame chefe da polícia, Scarpia, que assassinou seu amado Cavadossi. Logo depois, entra madame Butterfly e suicida-se, depois que Pinkerton apresenta-lhe Kate, a sua esposa americana. O filho de Butterfly e Pinkerton fica, bobamente, agitando uma bandeirinha americana sem entender nada. Enquanto Butterfly agoniza, Mimi e Violeta (uma na *Bohème* e outra na *Traviata*) morrem, ao mesmo tempo, tuberculosas nos braços de seus amados, Rodolfo e Alfredo.

Enquanto isso, o fantasma do Comendador aparece a Dom Giovanni e desafia-o a arrepender-se da vida devassa que tem levado. O libertino não topa e é engolido pelo fogo do inferno. Em outro local do palco, Dom José, desesperado, com a faca ainda pingando sangue, grita em desespero, e cai de joelhos ante o corpo da amada: "*O Carmen, ma Carmen adoréééééeeeee...*" (*finale* musical dramático).

O perigo é a coisa ficar um pouco depressiva demais. Talvez fosse o caso de pôr algumas óperas bufas de Rossini, outras de Mozart, como *O casamento de Fígaro* ou o *Rapto do Serralho*. Wagner nem pensar!

Ficou maluco?, estarão perguntando os leitores. Explico: há meses deixei duas promessas no ar. Dizer por que tenho raiva do Araribóia e contar como naturalizei um bando de turcos.

Vamos aos fatos. No dia em que fui naturalizado, no prédio antigo da Justiça Federal, na Cinelândia, deparei-me com uma dúzia de naturalizandos como eu. Todos "brimos", sírios, libaneses, jordanianos, iraquianos, em uma palavra: "turcos" (o que os deixa particularmente irritados). Depois de jurar à bandeira, cada um de nós tinha que ler um capítulo da Constituição. O juiz era severo (acho que até meio sádico), e parecia divertir-se enormemente com a leitura dos árabes. Tropeçavam nas vogais e davam nítida sensação de não entenderem metade do que liam. A apreensão foi substituída pelo terror absoluto quando o juiz anunciou que teríamos que cantar o "Virandum".

Estabeleceu-se o pânico nas hostes mouras. Aqueles homens não tinham a menor idéia do que fosse o Hino Nacional. Alguns pensaram em ir embora no ato antes de submeter-se ao vexame. Vendo o tumulto, e aproveitando que o juiz se ausentara por momentos, tranqüilizei-os: "Não façam nada, procurem seguir a melodia cantarolando humm humm. Se não souberem, não tentem, que me atrapalham. É só humm... hum... e cantarei o mais alto que puder." A calma voltou aos filhos do deserto e quando começamos castiguei aos berros: *"OUVIRAM DO IPIRANGA ÀS MARGENS PLÁÁÁÁCIDAS/ DE UM POVO HERÓÓICO O BRADO RETUMBANTEE/ E O SOOOOL..."*, e o resto ia de "humm... huuuhum... hum huuumm...". A certa altura imaginei o que aconteceria se a voz me traísse e comecei a ter enorme vontade de rir e foi retendo, a duras penas, as gargalhadas que acabei o hino, com um elogio do juiz por meu entusiasmo cívico, me naturalizei e trouxe comigo todos os filhos de Alá.

Bem, a essa altura só falta dizer por que tenho raiva do Araribóia. É simples, tenho raiva daquele índio porque... porque... por que mesmo? Xiii... esqueci...

Ecos do além

(JB — 6 DE JANEIRO DE 2000)

Nem além-túmulo o general Figueiredo conseguiu desentalar da garganta o atentado do Riocentro, que marcou o fim literal de seu governo. Na fita, divulgada pelo *Fantástico* e pelo *Jornal do Brasil*, Figueiredo narra um suposto (e improvável) diálogo com o general Ernesto Geisel, no qual apresenta-se como valente, chegando a acusar Geisel de ter fabricado um "bode expiatório", o general Ednardo D'Ávila Melo, afastado do comando do Segundo Exército, quando o operário Manoel Fiel Filho foi assassinado nas dependências do DOI-CODI de São Paulo.

Os romanos criaram um provérbio que diz *In vino veritas* (no vinho está a verdade). E a verdade veio à tona, *post mortem*, revelou-se um espectro assustador, despreparado, desnudando o pensamento primário de alguém que, por seis anos, esteve à frente da suprema magistratura do Brasil, e que durante anos foi o oficial mais graduado de inteligência e informação no país. Seu pensamento transparece à luz do dia e assusta pela total falta de critério e de valores éticos, uma verdadeira desgraça póstuma. Pobre Brasil!

Vejamos Figueiredo em seu suposto "diálogo com Geisel". Segundo seu relato, quando seu antecessor o instou a apurar o que ocorrera no Riocentro, Figueiredo teria dito: "Eu não vou inventar um responsável como o senhor inventou o general D'Ávila Melo." Em matéria de hierarquia militar o finado Figueiredo merece uma nota zero e além disso duvido que tivesse coragem de dizer isso na cara de Geisel.

O general Ednardo não foi bode expiatório. Por ocasião do assassinato do jornalista Wladimir Herzog, nas mesmas dependências do DOI-CODI, Geisel chamou Ednardo e apontou para a resistência de setores radicais, ligados à repressão dos anos de chumbo, que estavam desafiando seu governo e advertiu-o de que não toleraria a repetição do fato. Fiel à palavra e à hierarquia, demitiu Ednardo, tido como um oficial cordato, incapaz de fazer mal a uma mosca, mas COMANDANTE do Exército onde ficava o porão que reincidiu. Se um comandante de Exército não é responsável pelo que ocorre em unidades sob o seu comando, quem é?

Mas o mais grave é que Figueiredo confessa que acobertou uma farsa. No princípio recebeu um telefonema de Heitor de Aquino e chegou a regozijar-se por considerar o atentado "uma bobagem dos comunistas". Menos de meia hora depois alguém "que não é o Heitor" ligou e disse: "Presidente, há indícios de que foi gente de nosso lado."

E Figueiredo embolou de vez: "Aí chamei o Walter Pires e mandei abrir o inquérito. O primeiro general que chamamos não quis ter a responsabilidade do inquérito. Se acovardou. Aí chamamos o coronel Job Lorena.

Disse-lhe: o que você apurar traga pra mim. Até hoje não sei qual é a verdade... houve plena liberdade para apurar os fatos e não apuraram. Queriam que inventasse um réu para acusar, para botar na cadeia. Aí começaram a me acusar de ter acobertado. Não acobertei. Qual o interesse que tinha em acobertar? O que queriam era mostrar que o general Medeiros e Newton Cruz tinham mandado colocar a bomba no Riocentro."

A história não confere. Em primeiro lugar, se era mesmo coisa de comunista, por que o general não identificado se acovardaria? Era caso de expulsão sumária por covardia. O primeiro encarregado do inquérito foi o coronel Prado. Ele iniciou o IPM disposto a levá-lo até o fim, mas foi atropelado pela hierarquia que insistia na explicação dos comunistas. Como não se convencesse, começou a ser pressionado, pressão que atingiu membros de sua família e — enojado — preferiu sacrificar sua carreira militar a acobertar uma farsa. Job Lorena de Santana não era feito do mesmo material. Mentiu, curvou a espinha e montou uma explicação de opereta que lhe valeria processo e prisão, agora que o segundo IPM apontou a responsabilidade dos militares no atentado.

Ao que tudo indica, Figueiredo tinha mesmo medo do envolvimento de Cruz e Medeiros no episódio. Agiu para proteger amigos, como se faz na escola primária, uma escola da qual os militares nunca se livram, mesmo na vida adulta. O fato é que Medeiros e Newton Cruz SABIAM do atentado com antecedência. SABIAM quem o executaria, mas silenciaram. E só por isso deveriam ter sido presos. Outro que sabe muito é Nilton Cerqueira, que comandava a PM do Rio na época do atentado. Quando deu ordens de retirar o policiamento do Riocentro, Cerqueira estava em Brasília, no gabinete de Medeiros.

O fato é que até hoje a pergunta principal continua sem resposta: QUEM MANDOU BOTAR A BOMBA NO RIOCENTRO? Se disserem que foi o capitão Wilson, me ofereço como testemunha de defesa dele.

Ite missa est

(JB — 9 DE JANEIRO DE 2000)

O papa que me perdoe, mas acho que um dos erros do Concílio Vaticano II foi acabar com o latim nas missas. Havia mistério e beleza no latim. Para os que iam rotineiramente à missa, não constituía mistério, era entendido, e para os mais humildes havia algo misterioso, sublime, naquela língua incompreensível e bela, que parecia a língua de Deus. A própria noção de Deus não é um grande mistério? Falando a língua de cada país banalizou-se a missa e a tal ponto que a grande música deu lugar a um repertório pífio, e agora assistimos a missas, showmissas, transformadas em megaespetáculos de TV para almas desesperadas na busca (vã) de um milagre, um emprego, uma graça ou a chance de serem notadas, mais ou menos como as bailarinas do Faustão.

Quando era menino, na Urca, o padre Barbosa sabia tudo o que ocorria no bairro e visitava os fiéis de sua paróquia. Não gostava dele, por nenhum motivo em particular, talvez influenciado pelo anticlericalismo de meu padrasto que, como bom italiano, só via duas possibilidades de lidar com padres: idolatrá-los ou enforcá-los.

Otello era partidário da segunda solução, mas era vencido por Elsa que, mesmo não sendo beata, nem mesmo religiosa, via nos padres uma grande possibilidade de educação para seu filhote.

Recentemente, fui a um culto luterano em intenção à alma do pai de uma grande amiga. Foi em alemão, não entendi patavina, mas a música era puro Bach e senti neles um senso de comunidade que se perdeu na maioria das igrejas. À saída, o pastor colocou-se à porta de seu templo e falou com o seu rebanho. Perguntou pela saúde de uns, pela vida de outros, notou ausências, mandou votos, distribuiu palavras de conforto e alegria. Juro que me senti bem.

Fui coroinha e coroinha do lado direito do altar na hora do Sanctus, o que tocava a sineta quando o padre fazia a elevação do cálice e da hóstia para consagrá-los. Era o momento supremo e o coroinha se esforçava ao máximo procurando imprimir um toque original à sua apresentação "musical", tocando as sinetas, rodando-as ou agitando-as, para deixar marcado seu toque característico, único, verdadeiro Paganini dos sininhos.

O coroinha da direita começava a missa à esquerda e fazia de tudo, passava o missal de um lado para o outro no altar, despejava as galhetas de vinho e água no cálice sobre os dedos do padre entrelaçados em oito, tocava a campainha na elevação, ajudava na eucaristia, passando a patena sob o queixo dos fiéis, velando para que nem a menor migalha da hóstia consagrada se perdesse... em síntese, fazia tudo, cabendo ao outro, geralmente novato, trocar de lugar com o primeiro. Em missas simples o segundo coroinha era simplesmente dispensado, não existia.

E a missa tinha seus mistérios. Motivo de inveja entre os não-coroinhas era uma oração chamada secreta, logo após o ofertório, à qual atribuíamos poderes mágicos. A secreta nada tinha de mais, em geral particularizava o ofertório, mas como era murmurada pelo padre, os coroinhas gabavam-se de conhecê-la, mas não a contavam a ninguém, senão não seria mais secreta e mágica. Outra coisa que me espanta hoje em dia é a comunhão. Não há mais patena e o padre entrega a hóstia na mão dos leigos que a colocam na boca. Só falta enfiar no bolso! Em meu tempo, morria de medo de hóstia consagrada. Quando comungávamos, a hóstia, invariavelmente, grudava no céu da boca e a tirávamos dali com movimentos cuidadosos da língua, pois não poderia sequer encostar nos dentes, senão seria uma cachoeira de sangue ou coisa pior. Íamos enrolando e empurrando com as línguas até virar um rolinho e desaparecer. Pegar hóstia consagrada com a mão? Nem por todo o dinheiro do mundo... Jurávamos que a mão secaria no ato...

Um dia tornei-me instrutor de coroinhas. Surrupiei um pacote de hóstias. Era bom! Mas não bastava, tinha ganhado um belo salame de meus pais (estava em colégio interno), e resolvi fazer pequenos sanduíches de hóstia com salame. Para cortar em fatias finas, um canivete, (objeto proibido), a mesa era o altar (acho que devido a essa, vou torrar para sempre no inferno), e como tábua de cortar um daqueles cartões (hoje abolidos) que ficavam nas escadarias do altar com as orações, incluindo o Salve-Rainha, que o padre rezava pela conversão da Rússia (e não é que a Rússia se converteu?). Fiz os sanduichinhos e distribuí à "comunhão". Todos nos fartamos, mas não vi a grande mancha gordurosa que ficou no cartão.

Domingo lá estava eu ajudando a missa quando o cônego Elco pegou o cartão e antes de iniciar as orações viu a mancha, cheirou-a, ficou vermelho como um tomate e, prestes a explodir, gritou a plenos pulmões: *"Potferdom!"* (pote maldito, derivação de uma blasfêmia belga *Gotferdom* (Deus maldito), que os padres não poderiam usar). E depois de uma pausa constrangedora que pareceu durar séculos acrescentou, tonitruante, encerrando a missa:

"Salame! Salame! Quem foi o *desgrrraçado* que andou comendo salame aqui?"

Heil Bräuer!

(JB — 11 DE JANEIRO DE 2000)

No Aterro do Flamengo há um monumento onde estão enterrados 468 brasileiros. Ao embarcar para o lugar onde morreriam, a Itália, sabiam que estavam indo combater o mal absoluto que tomara conta de um povo, o alemão, na figura de um ditador: Adolfo Hitler. O mal chamava-se nazismo e, além de provocar a mais sangrenta das guerras, fez do racismo religião. Homens, mulheres e crianças, considerados inferiores pelos alemães, arianos e senhores da terra, foram assassinados em escala industrial. Seis milhões de judeus, quase um milhão de ciganos, milhões de eslavos e até vários milhares de alemães, dissidentes, homossexuais ou com defeitos físicos. Nossa parcela de mortos foi modesta, mas heróica: 468 jovens Josés, Raimundos, Severinos, Ernestos e outros deram o seu sangue para varrer da Terra a face monstruosa de Hitler.

Esta semana todos eles foram insultados, vilipendiados por ninguém menos que um brigadeiro que, até pouco, era comandante da Força Aérea. Quem quiser conferir, só terá que ler as páginas amarelas da revista *Veja*. Leia: "Hitler foi um líder. Ele tinha uma visão ou uma personalidade UM POUCO DISTORCIDA. Eu não o defendo,

MAS TAMBÉM NÃO POSSO ATACÁ-LO. Se ele conseguiu mobilizar uma nação como a Alemanha, devia ter seu valor. Era um homem carismático, mas se superestimou." A frase, partindo de um militar brasileiro, é quase inacreditável.

Que Hitler foi um líder, até pedras sabem, mas daí a afirmar que tinha uma personalidade e uma visão UM POUCO distorcidas, há uma distância enorme. O brigadeiro Bräuer diz que não pode atacá-lo. Se tivesse dezoito anos quando o Brasil declarou guerra ao Eixo, faria o quê? Alegaria objeção de consciência em respeito ao ídolo de seu pai? E os 468 heróicos pracinhas que morreram nos campos da Itália? Morreram em vão? Morreram por lutar contra um líder com pequenas imperfeições, "carismático" e que se superestimou?

Líder carismático que se superestimou é descrição que se encaixa como uma luva em políticos como Jânio Quadros. Hitler era muito mais do que isso. Era psicopata, assassino, e isso não são "pequenas distorções". Filho de alemão, Bräuer mostra uma germanofilia inquebrantável ao dizer: "Se ele conseguiu mobilizar uma nação como a Alemanha, deve ter o seu valor."

Por quê? O que há de tão especial com a Alemanha? Ouso afirmar que o povo alemão, em conjunto, é mais manipulável e menos inteligente que o nosso sofrido povo brasileiro. Nasci na Alemanha, meu pai morreu lutando no exército alemão, e fiz-me brasileiro por opção e amor por esta terra. O que gosto da Alemanha chama-se Bach, Beethoven, Mozart, Goethe, Schiller e Kant. O que detesto chama-se Bismarck, Hitler, Himmler, Goering e Goebbels.

Sandra Brasil, da *Veja*, perspicaz como sempre, vai fundo na mente do brigadeiro: "O senhor acredita mesmo que haja algo especial nos alemães?" "Não sei o que é.

Não sei se é genético, mas pode até ser. As características são de pessoas organizadas, disciplinadas, trabalhadoras e com uma cabeça muito boa. A gente diz que os alemães são os portugueses que deram certo. Ambos são muito trabalhadores, só que as coisas que os alemães fazem dão certo e a dos portugueses nem sempre."

Novamente a visão do colonizado. Esse pequeno povo português, que o "ariano" Bräuer menospreza, foi capaz de alargar as fronteiras do mundo nos séculos XV e XVI, levando suas frágeis naus aos confins dos mares, uma aventura de ciência e coragem ímpares, por enquanto não superada nem pela ida do homem à Lua. Se o próprio Bräuer está aqui e fala português, é graças à saga desse povo, para o qual as coisas "nem sempre dão certo". O que fez a Alemanha em toda a sua história que se aproxime disso?

Bräuer descreve uma infância difícil de filhos de alemães no sul do Brasil e mal disfarça o rancor que sente pelo fato de ter sido proibido de falar alemão e de ver confiscado o rádio de seu pai, no qual escutava as pregações de Hitler. "Meu pai ouvia o radinho e torcia pelo povo dele. Mas ele não pregava o anti-semitismo. Ficou magoado com o que aconteceu com ele aqui por causa da guerra e por isso torcia para o lado de lá."

Também não tive uma infância fácil. Meu pai foi morto antes que eu nascesse, na frente polonesa, e não pude sequer imaginá-lo direito. Provavelmente foi morto por soviéticos ou resistentes poloneses. Deveria odiar os soviéticos ou os poloneses? Provavelmente como criança, na primeira notícia da morte do velho, sim. Se fossem os soviéticos que tivessem invadido a Alemanha, certamente sim. Mas quando Fritz, meu pai, morreu, estava em terra alheia, que ajudara a conquistar e da qual estava sendo expulso.

Terra onde os nativos, eslavos, eram considerados subumanos, escravizados e mortos como moscas pelos senhores arianos, realidade que me levou a perguntar, durante anos, o que o meu pai poderia ter visto ou feito naquela guerra. Só os russos perderam 25 milhões de pessoas. Minha mãe corria desesperada dos bombardeios em Berlim (três vezes ao dia em 1944; 1.500 aviões por vez). Devo odiar os ingleses e americanos por isso? E o senhor vem me falar de um radinho confiscado?

Ambos crescemos no pós-guerra e tivemos oportunidade de avaliar e conhecer a realidade. Fico com os pracinhas e a eles, como nascido na Alemanha, peço desculpas pelo insulto do brigadeiro. Vocês deram a vida pelo que é justo. Meu pai não teve escolha, mas em outra crônica disse que escondia com ele, em sua moto (era batedor), discos de jazz e nesse detalhe — gostar de uma música que os alemães nazistas consideravam "negra, decadente e corrompida" — vi uma luz que me disse que o velho Fritz era incapaz de atrocidade. Quem amou Duke Ellington, Louis Armstrong ou Django Reinhardt não podia ser nazista.

O que me espanta é o programa das escolas preparatórias das Forças Armadas. Se alguém, após anos de formação, pode chegar a oficial, a comandante da Força Aérea (a mesma FAB que "sentou a pua" gloriosamente com seus P-47 e praticamente nasceu na luta contra o nazismo), confessando que não pode atacar Adolfo Hitler e lhe atribui "valor", a situação é preocupante.

O que estamos ensinando a nossos jovens cadetes? Talvez seja a hora de a sociedade civil se interessar mais por isso. O que deve ser exigida é uma sólida formação democrática. Qualquer outra direção doutrinária é um perigo que a sociedade não pode ignorar.

Have a nice nazismo...

(JB — 10 DE FEVEREIRO DE 2000)

A principal característica criminosa do nazismo é a negação do outro, considerado "inferior", "diferente" e até "antiestético". A essas categorias deve-se — segundo a cartilha nazista — tirar a possibilidade de continuarem existindo. É preciso exterminá-las, em nome da "pureza" racial. Foi o que se viu — de forma trágica — durante o Terceiro Reich, entre 1933 e 1945, quando o extermínio dos judeus tornou-se a principal meta do Estado alemão, a ponto de os trens que iam para os campos de extermínio terem prioridade sobre os comboios militares, isso em 1944-45, quando a máquina alemã de guerra começava a entrar em colapso e o *Reich* era invadido por todos os lados.

Pela primeira vez na história, não se dava outra saída, senão a morte, a um grupo étnico ou religioso perseguido. Para o "crime" de ser judeu, o nazismo só tinha uma sentença: morte, mesmo se o "criminoso" fosse um bebê com poucas horas de vida. Essa foi a fase, digamos, "selvagem" do nazismo, da intolerância e da exclusão.

Mas o nazismo não está morto, nem se fixa mais nos judeus como alvo preferencial. Hoje, o perigo maior é de outra natureza, muito mais sutil e mais eficaz. Há hoje, em laboratórios científicos em todo o mundo, uma corrida feroz em torno do genoma. Busca-se mapear o código genético dos seres humanos. Isso possibilitará a vida do homem sobre a Terra e corrigir, ainda no útero da mãe, doenças graves como a Síndrome de Down (mongolismo), malformações congênitas do coração, quadros terríveis como a anacefalia (ausência de cérebro) até doenças como a hemofilia. Até aí tudo bem, vivam a ciência e o progresso do gênero humano.

Mas há uma possibilidade dentro do genoma que assusta, que exclui. Uma possibilidade nazista, sem campos de extermínio, sem SS, sem violência, mas limpa e "eugênica" a um ponto que Hitler, Himmler, Mengele e os seus asseclas mal imaginavam ser possível. Vamos imaginar esse futuro não muito distante. Um casal entra num "serviço de aconselhamento para a gestação" (vamos atribuir-lhe esse nome) e é atendido por beldades de formas perfeitas e sorrisos luminosos que colhem amostras de células para uma varredura genética. Em poucos minutos os futuros pais saberão o que deverá ser mantido e eliminado de seus genes. São informados de que podem "turbiná-los" com a introdução, por reengenharia genética, de material geneticamente "superior", extraído de campeões olímpicos, beldades do mundo da moda ou do espetáculo, e gênios em várias áreas do conhecimento.

O casal se entreolha. Ela é apenas bonitinha, baixinha, não muito brilhante. Ele é bem-apessoado, mas não foi muito longe na vida. Sua capacidade intelectual é limitada e nunca se interessou por aprimorar-se. Misturando os seus genes aleatoriamente, como o ser humano fez até aqui, poderão até vir a ter filhos inteligentes e bonitos, mas por que arriscar quando podem, facilmente, obter o "melhor"? Optam pelo gene "turbinado" e nove meses depois têm um lindo menino louro de olhos azuis, muito ativo, um gênio.

E aí entramos novamente no campo do nazismo. Quem vai querer ter um filho de QI apenas médio, baixinho, feio e desajeitado, podendo ter Apolo ou Vênus em casa? Hoje já há bancos de sêmen de ganhadores do Nobel (criação de cientistas fascistóides nos EUA), mas a inseminação apenas engatinha e a fecundação é ainda aleatória. Mas o que ocorrerá quando for possível escolher os genes um a um e "montar" um filho como quem monta um carro? O ser humano médio deixará de existir, inapelavelmente, dando lugar a gerações de superbebês lindos, sarados, inteligentes, tudo em meio a muita alegria e em nome de um pretenso humanismo.

Só serão escolhidos filhos fortes, "adequados" e linhagens inteiras de genes que regulam cor da pele, dos olhos, composição de cabelos etc. deixarão de existir por serem considerados "inferiores", "inadequados", ou simplesmente "fora de moda" pelos pais/consumidores. De modo "gentil", sem campos de concentração, sem SS, sem terror, os genes "inferiores" tenderão a ser excluídos do patrimônio genético da Humanidade. Ninguém mais será baixo, ou terá cabelos crespos. Dentuço? Nem pensar. Pele escura? Aaaarghh... Nariz grande? Fora de cogitação! E assim seremos "eugenicamente" feitos em série e enquadrados no mundo "perfeito".

Pessoalmente, prefiro a velha escolha randômica da natureza, mãe da extraordinária diversidade que enriquece a espécie humana. Vivam os feios, os baixinhos, os burros, os gordos (e as deusas, os gênios e os meninos sarados também, claro, por que não?). Para mim, a possibilidade de montar filhos como se faz compra num supermercado equivale ao triunfo do nazismo, por mais sorridente que seja. É bom prestar atenção. Essa "ficção" está muito mais próxima e é bem mais possível do que você imagina.

Brasil 500 anos. Comemorar o quê?

(JB — 20 DE ABRIL DE 2000)

A cena, emblemática, dos 500 anos do Brasil mostra o cacique Henrique Suruí apontando uma flecha para o presidente do senado Antônio Carlos Magalhães. O índio reclamava porque ACM, quando governador da Bahia, permitiu que fazendeiros ocupassem terras dos índios. Henrique foi contido pelos seguranças do Congresso e retirado do plenário, mas sua intenção, conforme declarou posteriormente, era matar o cacique branco. Pobre Suruí... até para matar é tímido e indeciso. Nem 500 anos de massacres de seu povo por parte dos brancos o ensinaram a ser rápido e, de preferência, escolher outra arma, arma de branco, para esse fim.

O que comemorar nestes 500 anos? Não há qualquer sinal de entusiasmo no ar. As comemorações limitam-se a uma pífia encenação do "descobrimento" na Bahia, patrocinada pela Rede Globo de Televisão; a uma regata Portugal—Brasil e pouco mais do que isso. Em Porto Seguro, o povo real está sendo mantido à distância dos eventos, substituído por um "povo cenográfico" bem ao gosto dos donos do poder, exatamente como Catarina da Rússia fazia quando visitava o seu reino. Na organização, o alegre ministro do

Turismo, Raphael Grecca. Com exceção de uma exposição em São Paulo, a cultura passa ao largo do evento e não há qualquer espaço para a reflexão a respeito do que foi feito desta *Terra Papagalli* (Pindorama), desde o dia em que o primeiro português pôs os pés na praia.

Um país jovem, cheio de esperança, de força vital e de energia e doido por festa como o Brasil deveria estar promovendo celebrações para ficarem na História. Pessoalmente assisti às comemorações do bicentenário dos EUA e os 200 anos da Revolução Francesa. Por toda a parte bandeiras, alegria, eventos, críticas e reflexão, manifestações e sobretudo o orgulho de estar comemorando um marco da história. Na França, por exemplo, comemorava-se o nascimento das doutrinas que criariam boa parte do pensamento republicano e libertário, que criou a atual sociedade, pensamento sintetizado em três palavras: "Liberdade, Igualdade e Fraternidade".

Entre nós o "descobrimento" e a colonização representam uma história triste para a maioria do povo. Só na república adotamos alguns princípios, tirados de um filósofo francês, Augusto Comte, mas ao inscrever as palavras dele em nossa bandeira falsificamos o pensamento original para justificar a injustiça vigente até hoje. Comte disse: "O Amor por base, a ordem por princípio e o progresso por fim". Adotamos a "ordem e o progresso" e jogamos o "amor" no lixo. "Ordem e progresso", poderia estar escrito no portão de um campo de concentração, mas "Amor" jamais. E isso diz muito de nosso país e de nosso estado de espírito.

O que aconteceu de 1500 pra cá? Em primeiro lugar, usar o termo descobrimento é revelar o lado eurocentrista, lusitano da questão. Aqui havia mais de três milhões de indivíduos, divididos em várias etnias, culturas, com línguas, costumes e ritos próprios. Então como falar em descobrimento? Os índios é que descobriram, certa manhã, estranhas e grandes naus, cheias de gente vestida, suja, malcheirosa, com pêlos no rosto, aspecto doentio, dentes podres, falando língua feia e curiosa, e que carregavam estranhos objetos, como se fossem zarabatanas, mas dos quais saía a voz do trovão. Estranhas gentes, que não tiravam os olhos das índias como se nunca tivessem visto mulher.

"Estranhas gentes", devem ter pensado os nativos ao assistir à primeira missa e ver os forasteiros partir deixando na praia uma grande cruz de madeira. Estranhas gentes... Ainda passariam 25 anos para o começo efetivo da colonização, mas a sorte daqueles índios e de seus descendentes já estava selada para sempre. Hoje, são cerca de 300 mil, menos de 10% dos silvícolas que aqui viviam quando Cabral fundeou suas naus na praia da Coroa Vermelha, naquele 22 de abril de 1500.

Os índios, portanto, não têm razão alguma para comemorar. É verdade que nos Estados Unidos foram ainda mais dizimados e entre nós não houve general Custer nem sétimo de Cavalaria, mas índios foram massacrados pelos colonizadores, por bandeirantes e fazendeiros, primeiro, na vã tentativa de transformá-los em escravos, e depois, simplesmente, para roubar-lhes as terras.

Dessa lógica nasceu a presença do segundo povo componente de nossa formação: o povo negro. Trazidos em levas da África, transportados em navios negreiros, em condições ainda piores do que as que os alemães aplicavam aos judeus durante o Holocausto, os negros morriam como moscas na travessia e na nova terra. Espoliados de sol a sol durante séculos, sob o duro chicote do feitor, meras mercadorias, largados à própria sorte (será que cabe o termo sorte?), tão logo decretou-se o obsoletismo econômico da escravidão (e o Brasil foi o último país ocidental a fazê-lo), os negros certamente teriam preferido entrar na História de outro jeito e não há qualquer razão para que comemorem o quinto centenário.

Restam os outros. Quem ganhou treze capitanias e lançou as bases de um estado cartorial e injusto, que persiste até hoje, pode soltar fogos, mas a maioria do povo, que não tem cartório nem sesmaria, a começar pelos trinta milhões que vivem abaixo da linha da miséria, não tem nada para comemorar.

Antes que me acusem de mau brasileiro, quero expressar que a revolta é maior porque o Brasil é o país mais viável do mundo. Como Estado somos um desastre, mas como nação ninguém, nada, se compara ao Brasil. Do norte ao sul, numa distância maior que a que separa Lisboa de Moscou, na Europa, é possível encontrar tipos humanos e traços culturais muito diferentes, mas todos assumem plenamente a identidade brasileira. Basta comparar a nossa situação com a dos Bálcãs, ou com países como a Bélgica, para ter idéia da bênção que isso representa.

O povo, resultado da miscigenação, é extraordinário (e certamente mereceria uma elite melhor), resiste e luta há 500 anos para melhorar de vida. Hoje há sinais de que a cidadania é possível e quando isso for, finalmente, conseguido e o povo brasileiro tiver consciência plena de seus direitos e de sua força, viveremos num país absolutamente maravilhoso. Não estaremos aqui, mas se for preciso esperar pelo milésimo aniversário do Brasil para revelar ao mundo um país grande, belo e justo, terá valido a pena ter vivido e lutado.

Gerônimo

(JB — 27 DE ABRIL DE 2001)

Estive há pouco em São Paulo e resolvi dar um pulo na rua de Higienópolis onde passei parte da minha infância. Foi minha primeira casa no Brasil, na verdade uma grande pensão, como a de *Terra Nostra*, onde hóspedes vindos de todas as partes do mundo conviviam numa verdadeira Babel. Eu tinha um casal de amigos chineses, o menino era chamado por todos de Didi (sabe-se lá por quê) e a menina, Epo. Onde terão ido parar?

Lembro-me que o bairro era (ainda é) muito arborizado e eu, perdido em São Paulo, resolvi caminhar sobre os passos da minha infância. Nada resta do casarão no número 152, a não ser um prédio grande e que ocupa todo o terreno, outrora cheio de mangueiras.

Quando se podavam as árvores, fazíamos arcos e flechas e virávamos índios ferozes em guerra permanente. Moleques, percebemos que numa casa em frente à pensão passou a morar um jovem casal, recém-casado. Ela era muito bonita e o rapaz não ficava atrás. A molecada da rua toda apaixonou-se platonicamente pela noiva. Ela e ele saíam bem agarradinhos (o que causava um certo *frisson* naquele começo dos anos 50), e viviam juntos aos beijos e afagos, contemplados (no caso, ele contemplado) com uma ponta de inveja por apaches, sioux, cheyennes, comanches e outras tribos, todas *made in USA*, já que de índio brasileiro ninguém ouvia falar e, além disso, achávamos, por unanimidade, que "índio brasileiro não tem graça". (Aproveito o embalo da Igreja e peço perdão aos irmãos silvícolas pela desfeita.)

Eu, Gerônimo, que o resto do pessoal insistia em chamar de Gafanhoto (era um cabeção e duas enormes pernas ligados por um tronco magro, pouco mais do que isso), era tão apaixonado pela noiva quanto todos os demais. Nunca soube o seu nome... O tempo passou, cresci, esqueci, mudei, tornei a mudar e a casa e os noivos foram sumindo, tragados pelo tempo...

E eis-me, agora, frente ao 152 daquela rua de São Paulo. Viro-me e, para minha surpresa, a casa dos noivos ainda está lá, bem conservada, pintada; um anacronismo vagamente *art déco* na rua de prédios impessoais. Lá estava um pedaço da minha meninice, intacto. Eis-me Gerônimo, agora gordo, cabeção com melenas em desordem, e pernas já não tão longas. Hoje é o Bolão que veio no lugar do Gafanhoto, ou apenas o Fritz com os cabelos brancos lutando para buscar, no fundo do baú da mente, uma imagem da bela e apaixonada.

De repente, abre-se o portão e sai um carro, um Mercedes, modelo dos anos 70 mas bem conservado, impecável como a casa. No banco de trás um casal de velhos. Olho-os e num instante mágico os reconheço. Os dois, ainda de mãos dadas.

Foi como se o relógio avançasse 50 anos num segundo. Não sei se fiquei feliz. Fiquei confuso, perplexo, disso tenho certeza. Desde que morei naquela rua já andei por meio mundo, foram incontáveis meus tetos de cigano. E eles ficaram lá, testemunhas. Hoje não há mais comanches e apaches brincando na rua, tomada pelos carros. Desapareceram também esses índios que fomos.

Tiveram filhos? Foram felizes? Ainda se amam? Onde andarão todos os fantasmas da minha infância? Enquanto o carro ganhava a rua tive um impulso de perguntar mas parei a tempo. Que importância tinha para ela a angústia do velho Gerônimo? Ela nem se apercebia de nossa existência. Melhor esquecer, não perturbar o passado. Desci a rua após ter me encontrado com o começo da minha velhice, triste, mas com uma tristeza doce e aliviada.

No tempo do rádio...

(JB — 29 DE JUNHO DE 2000)

Por que será que a cabeça da gente guarda pedaços desconexos de memória, como se fossem páginas arrancadas de um livro? Velhos *jingles*, como o das Pílulas de Vida do Doutor Ross. Ainda vendem? E a musiquinha do Phymatosan. Quem não se lembra dela? E o Jerônimo, na Rádio Nacional? *"Quem passaaaar peeelo sertão/ há de certo ouvir falar/ do herói desta canção..."* E a música seguia falando das proezas do filho de Maria Homem, de Aninha, sua namorada, e Moleque Saci. E o Anjo? Acho que era do Álvaro Aguiar. Lembro-me, como se fosse hoje. Eram três novelas de rádio para a criançada. Começava às seis da tarde com o *Cavaleiro da noite*, que tinha um prefixo de Respighi que achava o máximo, embora na época não fizesse a menor idéia do autor da música. A ação se passava em Ravena, que naqueles anos achava que ficava na Espanha e só mais tarde descobri ser na Itália.

A vantagem do rádio era a mesma do livro. Não havia redução. Cada um de nós imaginava o Cavaleiro da Noite, Jerônimo ou o Anjo, à sua maneira e todas as maneiras eram válidas. Quando li *O nome da rosa* pela primeira vez, a história não tinha sido filmada e imaginava o principal personagem, o monge Guilhermo (William) da Baskerville, com uma cara totalmente diferente da de Sean Connery. Depois que vi o filme não consigo voltar ao livro sem me aparecer o maldito (e bom pra burro) escocês pela frente.

Há uns dois anos "cometi" um romancinho, um *techno thriller*, na linha dos livros de Tom Clancy: *Aurora — os anjos do apocalipse*. História de submarino nuclear soviético, fim da URSS, plano diabólico, chantagem nuclear, máfia russa, fim do mundo etc., etc.

O comandante do submarino *Aurora* chama-se Vitaly Kusnetsov. O livro começa assim: "Fazia frio. O mar estava cheio de blocos de gelo. Na torre do *Aurora*, o comandante Vitaly Kusnetsov sentia o vento doer-lhe na face enquanto o submarino deslizava nas águas calmas da baía Nerepichia, afastando-se da base naval de Zapadnaya Litsa, uma base secreta, na península de Kola, acima do Círculo Polar Ártico." Na minha cabeça via o grande submarino, da mesma classe que os do *Outubro Vermelho*, deslizando mansamente ao som de um coro militar russo e no convés, de barba e *chapka*, ele! Sean Connery, no papel do comandante Ramius... não, Ramius é do *Outubro Vermelho*, o meu chama-se Kusnetsov, não é lituano como o de Tom Clancy e não tem a menor intenção de desertar para os EUA.

O que fazer? Só restava uma coisa. Saída heróica. Depilar totalmente o meu comandante. Como? Fácil, tornando-o um herói que volta a um submarino atômico condenado para salvar seus tripulantes e é submetido a intensa radiação e sua descrição resultou assim: "Mas o rosto curtido e a ausência de cabelos, sobrancelhas ou de qualquer outro pêlo no corpo atarracado testemunhavam seu gesto e sua coragem e davam-lhe um ar estranho, ressaltado pelo nariz pronunciado e pelos grandes olhos firmes de um verde profundo. A boca era fina e na juventude devia ter sido bonito..." Muitos leram essa descrição e soltaram, quase imediatamente: "Sean Connery ficaria perfeito!" Já tentei depilar mentalmente o 007, mas — sinceramente — está acima de minhas capacidades.

Tudo isso só para mostrar como o cinema e a TV são redutores em face do livro. Saímos de um filme ou das novelas das oito com a exata estampa de Vera Fischer ou do Sean Connery, mas quando finalmente imaginei Kusnetsov, dei-lhe uma cara que não conseguiria reproduzir, a não ser que desenhasse uma retrato falado. Esse Kusnetsov é meu, pessoal e intransferível.

Mas o mais extraordinário é que os leitores que compraram *Aurora* imaginaram o comandante, cada um a seu modo, e todos os modos, todos os cenários, o ambiente do submarino, apesar de descritos com detalhes, são imaginados de modo diferente pelos leitores. Não há duas imaginações iguais e isso é de uma riqueza insubstituível.

E o melhor de tudo é que cada leitor, assim, "reescreverá" o livro ao lê-lo e todas as "reescrituras" são tão legítimas e válidas quanto a minha versão original. Já pensei até em fazer um teste. Achar dez leitores e colocar um a um para fazer o retrato falado do Kusnetsov. Aposto que o teste resultará em dez faces totalmente diferentes.

E volto ao rádio. Quando era menino na Urca tinha um amigo que continua meu amigo até hoje, Ricardo Kosac. Para os meus padrões, o Ricardo era rico e tinha um gravador em casa, o primeiro gravador que pude ver e tocar! Ricardo e eu gravamos inúmeras "novelas" de ação nesse aparelho. Nossa sonoplastia rudimentar incluía amassar celofane para fazer som de fogo, as explosões eram com a boca mesmo, portas eram batidas, luta de espadas era fácil e um avião era simulado com um ventilador à toda (ainda não havia jatos de passageiros).

Nos divertimos muito e há poucas semanas Ricardo me contou que achou velhas fitas do nosso tempo. Ávido, procurou mas não conseguiu encontrar a nossa infância perdida, nossa imaginação no auge. Nós não tínhamos *videogames*, *flight simulator* ou jogos interativos como os de hoje. A TV engatinhava e Falcão Negro era o nosso ídolo. Jogávamos dama, palito chinês, olhávamos folhas e insetos num Poliopticon e andávamos de bicicleta sem susto ou angústia.

À noite, ouvia o *Incrível, fantástico, extraordinário*, com o Almirante se divertindo em assustar todas as crianças de minha geração, que sintonizavam o programa baixinho, como os franceses ouviam a BBC na época da ocupação alemã, na geração de minha mãe.

Criança adora história de assombração e me lembro de uma madrasta horrível que matou e enterrou a enteada e, para terror dela, e mais ainda nosso, os cabelos da mortinha cresciam como um campo de trigo enquanto uma musiquinha, linda, era ouvida falando dos cabelos que "minha mãe acariciou" ou "penteou", algo assim... a madrasta assassina, fora de si, ensandecida, amaldiçoava a assombração e ceifava com um foice o campo de cabelos. E eles renasciam... acho que morreu louca, não me lembro... Lembro é do terror que era ir à cozinha, no escuro, apanhar um copo de água depois de ter ouvido uma dessas histórias. (Buuuuuuuuuu!!!)

Eu tinha um radinho azul, caixa de madeira, com um grande dial branco. Era à válvula. Ainda passariam alguns anos antes que aparecessem os primeiros Spika japoneses, portáteis e sem válvula, graças a um tal de *transistor*. Nossa imaginação e inocência começavam a deixar-nos...

Conversa de maluco

(JB — 6 DE JULHO DE 2000)

Qual é o momento exato em que tomamos uma decisão que muda a nossa vida? Meu sogro morreu há uns seis anos. Ele decidiu sair de casa para comprar frutas num supermercado próximo à rua Uruguai, na Tijuca. Como morava na Muda, isso implicaria em dobrar à esquerda ao deixar o seu prédio.

Apesar de já avançado em idade, Virgilino Quintão adorava caminhar. Talvez, ainda no elevador, teve outra idéia que considerou melhor. Próximo à Usina, perto do Colégio São José, havia uma banca de uma senhora que vendia frutas e legumes a bom preço e com alguma conversa, impossível de achar em supermercados. Escolheu, e ao sair do prédio virou à direita e selou o seu destino.

Mas não foi tão simples... Subia Virgilino a rua, e estava quase chegando ao local da banca, quando encontrou uma conhecida. Trocaram algumas palavras, o suficiente para meu sogro perceber que o sinal da Conde de Bonfim estava aberto para ele. Na rua, um casal esperava, numa moto, que o sinal abrisse para prosseguir em direção ao Alto da Boa Vista. Virgilino pôs o pé na faixa, mas não chegou ao outro lado. Um ônibus da linha 415, em grande velocidade, entrou na contramão, ignorou o sinal vermelho e matou instantaneamente meu sogro e o rapaz que conduzia a moto, ferindo gravemente sua acompanhante.

Essa é a história, mas o que teria acontecido se ele tivesse ido ao supermercado? Provavelmente nada. Ou talvez tudo. Quem sabe, não seria atropelado na esquina da Uruguai com Conde de Bonfim?

E se tivesse conversado mais dez segundos, apenas dez segundos, com a conhecida? Uma pergunta de última hora... pergunta boba "e o cachorrinho?". Quando ela estivesse respondendo que nunca tivera cachorro, ambos ouviriam o estrondo do ônibus contra a moto e Quintão chegaria em casa nervoso e contando a história do atropelamento e morte do motoqueiro. Ele já estava abalado pois no dia anterior, 1º de maio, vira a morte de Ayrton Senna pela TV e passara muito tempo emocionado.

Como o cavaleiro de *O sétimo selo*, de Bergman, passamos a vida jogando xadrez com o destino e a morte. Só o fato de você e eu existirmos é quase uma impossibilidade. Já pensou? Milhões e milhões de espermatozóides, algo entre cem e quatrocentos milhões, cada um diferente do outro, e só você chegou lá!

Em todos os campos de batalha das grandes guerras morreu menos gente do que a devastação vital que o organismo promove para que você e eu pudéssemos existir. Quantas culpas penei em meus pecados solitários de adolescente. Eram milhões de mortos, a cada gozo. Depois, quando soube que só um conseguia chegar lá, fiquei mais tranqüilo. O "crime" passou a ser "homicídio simples", bem longe do "genocídio" de que falavam os padres apocalípticos...

E se fosse o espermatozóide vizinho, aquele ali, que vem nadando rápido, determinado, pertinho, a fecundar? Eu não seria eu, nem você seria quem é. Seria outro ser, outra identidade, outra pessoa... E até chegar a esse encontro passaram-se centenas de milhares de anos, na verdade bilhões, desde as primeiras moléculas no fundo morno da Terra primitiva, até os primatas que conseguiram sobreviver a hecatombes naturais que extinguiram linhagens inteiras de espécies sobre a Terra.

E depois? Já *Homo Sapiens*, quantas gerações foram necessárias para chegar a você (e eu)? Quantas guerras lutaram? De quantas pestes e catástrofes escaparam? Se o seu tataravó tivesse morrido de sarampo ainda menino, você não estaria aqui. Maluco mas óbvio. Por tudo isso passaram centenas e centenas de homens e mulheres que viveram através dos tempos para que estivesse aqui escrevendo bobagem e você lendo.

A todo momento decidimos algo. E se não tivéssemos ido àquela festa? Quem seria a nossa mulher? Que filhos teríamos? Não só fomos, como criamos coragem e vencemos a barreira do outro. E se faltou coragem e sobrou timidez? Como dizia o velho anúncio da academia Moraes: "Quantas oportunidades você já perdeu por não saber dançar?"

A vida é uma dança constante. Se meu pai não tivesse saído da Namíbia (o verdadeiro fim do mundo), para competir nas Olimpíadas de Berlim, jamais teria ido acabar no exército alemão e invadido a França. Se minha mãe não brigasse muito com os pais (comunistas), não teria se interessado por um alemão e encontrado o amor de sua vida. Se não houvesse leis raciais, talvez não tivesse nascido e minha mãe passou a gravidez quase toda em Berlim correndo (e escapando) de três bombardeios diários, com 1.500 aviões de cada vez.

Não acredito nessa história de conversar com bebê no útero para deixá-lo calmo, não estressá-lo. Se fosse verdade, o útero de minha mãe devia ser mais agitado que uma montanha-russa de filme de terror, e eu devia ser — no mínimo — um psicopata.

E eis-me aqui. E eis que você também chegou aqui e tenho certeza que ficará maravilhado com a improbabilidade estatística que você, eu, e todos nós, representamos. Parece um milhão de vezes mais difícil que acertar em cheio e sozinho na Sena. Mas tivemos sorte e estamos aqui, eu continuando a escrever bobagem e você ainda me aturando. O que vai surgir desta conversa? E se você não tivesse aberto e lido este livro hoje? O que nos aguarda nas próximas horas? No próximo minuto? Acho que vou tomar um sorvete. (Ai, meu Deus!) Creme ou chocolate?

Folhas mortas

(JB — 13 DE JULHO DE 2000)

Carrego sempre dentro de minha carteira uma velha etiqueta com uma folha de olmo impressa a um canto e a assinatura infantil de meu filho. Essa pequena folha de papel encardido pelo tempo significa muito. Lembra-me de que Pedro, ainda menino, foi escolhido para pintar um mural nos tapumes do zoológico do Central Park. Eram umas vinte crianças escolhidas entre os alunos das escolas públicas de Nova York. Para mim o papel faz e fará sentido enquanto estiver vivo. Mas quando a morte vier todas as minhas coisas perderão o sentido, a não ser para os que me foram próximos.

Gosto muito de passear em feiras de antigüidades, mas me pego sempre matutando sobre as vidas que passaram por aqueles objetos. Aquele espelho, que rostos refletiu? Lindas moças cheias de sonhos, tornadas velhas senhoras cheias de serenidade ou desencanto? A louça, a quantas refeições serviu? A família junta, em meio a conversas sobre filho, trabalho, fuxico, realizações, festas, guerras, mortes ou nascimentos... Quantas cartas escreveu a velha Parker? Desde cartas de amor arrebatado, convites galantes ou inocentes, notícias alegres ou tristes, até meros contratos e promissórias...

Por que falo disso? Talvez porque tenha acordado algo melancólico, lembrando-me da morte de minha mãe. Estava em Paris e ela morreu numa quarta-feira de cinzas. Foi fulminante. Estava só, voltara de um *spa* e só foi encontrada na sexta. Tomei um avião, nessa mesma noite, e no sábado pela manhã estava no Rio. Enterro rápido, caixão fechado, vi-me poucas horas depois, ainda tonto, numa feijoada, cercado de amigos. À noite jantar na casa de fulano; no dia seguinte andava na praia com uma amiga, novos almoços, cinema, teatro, sempre com alguém por perto. No terceiro dia agradeci aos amigos a proteção que me davam, mas lembrei que viera ao Rio porque minha mãe morrera e precisava estar só.

Fui para o apartamento dela. Estranha sensação entrar ali. Todos os objetos dela que me eram familiares pareciam totalmente fora de lugar. Era um pouco como se tivessem morrido também. Foi aí que abri a porta do armário e vi. Vi duas fotos de meus filhos, ainda pequenos e, aos pés das fotos, dois pequenos sabonetes envoltos em papel de seda. Dois sabonetes pouco usados, com os quais ela deve ter banhado os netos e guardado como relíquia, como se fosse um pequeno altar de uma devoção muito especial e secreta.

Aí não agüentei e explodi, chorando a tarde toda sem qualquer barreira. Quando começou a anoitecer sentia-me em paz, reencontrado, e podia começar a praticar os inexoráveis atos que é preciso praticar, apesar da dor. Tinha que desfazer o apartamento de minha mãe, quebrar aquela unidade de uma vida, distribuí-la por outras vidas: isto vai para fulano, aquilo, para sicrano, isto guardo, aquelas coisas darei ao orfanato ou à empregada. Aos poucos, tudo foi se desmaterializando, desmembrando, sumindo. Hoje, pouco me resta, livros, alguns peixinhos de metal, meu primeiro presente de dia das mães e sobretudo uma saudade que não tem jeito.

No sports, my dear

(JB — 27 DE JULHO DE 2000)

Conta-se que uma repórter perguntou certa vez a *Sir* Winston Churchill qual era o segredo de sua longevidade e, sobretudo, de sua vivacidade. O buldogue inglês olhou para ela imperturbável e sentenciou:
"No sports, my dear! Absolutely no sports!"
Churchill consola todos os sedentários do mundo, aqueles que como eu são gordos e calmos, não andamos na praia, não fazemos exercício, amaldiçoamos uma esteira ergométrica, não andamos (mais) de bicicleta, não nadamos e mantemos nossos cardiologistas e endocrinologistas (Alô, Dra. Jodélia!) em permanente sobressalto, como se fôssemos cair duros de uma hora para outra.

O que fazer? Mortificar-se? Comer feito um passarinho? Arrancar o estômago fora, como fez o Lula Vieira que perde peso a olhos vistos e vai acabar sumindo se a coisa não reverter? Sei lá, já comecei umas vinte dietas e sempre volto ao ponto de partida, um pouco mais gordo, e quando alguém não gosta de mim ou do que escrevo, o primeiro xingamento é invariavelmente gordo isto, gordo aquilo, seguido de feio, vesgo e outros predicados naturais que me acompanham vida afora...

Mas tenho certeza de que ainda serei vingado. Se tivesse vivido na Idade Média seria um modelo de beleza. Ser ventripotente era privilégio de reis. Até hoje a roupa dos gordos tem o tamanho *king size*, mas isso são restos de passadas glórias. Dêem uma olhadinha nas banhistas do Renoir e verão que as moças se pareciam com o boneco da Michelin. Hoje o perfil anoréxico domina o imaginário sexual e as passarelas, mas na época áurea da tuberculose, homem ou mulher magros eram anátema. Todo mundo saía de perto. Hoje é o contrário.

Mas, dizia que os gordos ainda seremos vingados por uma nova abordagem médica, revolucionária, que ainda não veio à luz mas que, tenho certeza, há de ser conhecida e quando isso ocorrer estarei presente para reivindicar a paternidade da teoria e dar ao Dr. Fritz o merecido prêmio Nobel de Medicina.

A teoria é: SEJA SEDENTÁRIO. NÃO PRATIQUE ESPORTES, NÃO FAÇA EXERCÍCIOS! ISSO FARÁ BEM A SEU CORAÇÃO E VOCÊ VIVERÁ MAIS.

Heresia!, gritarão os médicos, mas vamos pensar um pouco...

Recentemente foi publicado um estudo que mostra que os macacos criados em zoológicos, em cativeiro, vivem entre cinquenta e sessenta anos, enquanto na natureza não passam dos trinta. Preso na jaula, comendo banana cinco vezes por dia, não tendo que pular de galho em galho, os macacos sedentários são um exemplo acabado dessa tese.

Conheci uma macaca assim. Viveu mais de quarenta anos. Era conhecida como "A macaca do Dr. Laranja", uma homenagem a um cientista de Manguinhos, que usava a macaca em suas pesquisas. Ela vivia encostada numa grade observando o mundo, atenta às bananas que comia e dando-nos a impressão de ser mais sábia do que todos nós. Vivia tranqüila apesar de contaminada por várias doenças, a começar com o mal de Chagas, por força do destino de macaca de laboratório que lhe coube nesta vida. Um dia o Dr. Laranja morreu e a macaca continuou imperturbável em seu observatório por muitos e muitos anos...

A malhação e o exercício não servem nem para tornar o corpo belo e sarado. Isso é para quem pode, para quem nasceu com o genoma certinho, como as ninfas que enchem as academias de ginástica. Naquela idade eu era um palito que pesava 54 quilos com 1,70m de altura, um sonho de consumo, embora me achasse um esqueleto ridículo. Agora vamos aos esportes. Você já viu os campeões mundiais de levantamento de peso? Todos barrigudos, isso para não falar de lutadores de sumô, mas aí, reconheço, já é apelação. Mas você já viu um orangotango adulto? Todos têm o maior barrigão, mas nem o Paulo Zulu malha tanto quanto o mais preguiçoso dos grandes macacos na vida selvagem.

Nos últimos cem anos a duração da vida do homem dobrou. A maioria das pessoas atribui esse aumento da idade média aos progressos da medicina e ao saneamento. Em parte é verdade. Mas é preciso não esquecer que isso ocorreu justamente quando o homem inventou coisas como o automóvel, o telefone, a escada rolante, o elevador, o sinteco, a máquina de lavar roupa, o barbeador elétrico e o controle remoto para a TV.

Imaginem o volume de exercício que um homem (ou uma mulher) comum fazia há cem anos. Tinha que rachar lenha para o fogão, carregar a água para tomar banho, matar a galinha ou o porco, colher a alface ou o coentro, ir a cavalo a Petrópolis ou ao Méier, carregar as compras, esfregar o chão com aqueles escovões de ferro com palha de aço...

Se recuarmos ainda mais na História, já imaginaram o estresse de quem vivia num mundo onde se pensava que os raios de uma simples tempestade eram os dardos de Zeus ou Tupã? Isso para não falar em disputar corrida diária com um tigre de bengala. Na vida moderna o estresse não se compara ao de alguém que na Idade Média chegasse a uma ponte e tivesse que terçar armas com outro, chegado simultaneamente, para saber quem passaria primeiro. Ou, mais simplesmente, quem passaria já que o perdedor estaria morto e fora do jogo. *No Limite* é café pequeno!

Sem fazer força o homem vive mais. Querem um exemplo? O cachorro, o maior amigo, também se beneficia de grande parte dos progressos da veterinária, bem semelhantes aos da medicina, mas continua vivendo os mesmos doze, ou treze anos de sempre. Por quê? É impossível tornar um cachorro sedentário. Por instinto ele pula e brinca, mesmo num apartamento, em lugar de ler um bom livro, ouvir música ou pegar um carrinho para ir passear...

Pessoalmente não quero mal algum aos esportistas, mas garanto que já enterrei todos os malhadores e atletas que me auguravam vida breve, devido a minha desportofobia. Estou com 56 anos e ainda não tenho do que me gabar em matéria de longevidade, apesar da cigana dizer que morrerei velho. Quando alguém de minha faixa de idade morre, minha mulher entra em pânico e passa a me olhar com um jeito de bola da vez. Invariavelmente pergunto: "Magro ou gordo?"

"Como assim?", ela me responde com outra pergunta.

"O falecido era magro ou gordo?", insisto e fuzilo: "Tente lembrar-se, a quantos enterros de gordo você já foi?", e arremato, sádico: "A morte é magra!"

Numa próxima ocasião falarei sobre os benefícios do LDL, que os médicos — injustamente — chamam de "mau colesterol" porque entopem as artérias. Mas é justamente isso que nos mantém vivos...

Simpático, brincalhão... e doente!

(JB — 3 DE AGOSTO DE 2000)

A auto-suficiência e a limitação de pensamento de alguns médicos me espantam. Um deles me escreve de Recife a respeito da coluna da semana passada, *No sports, my dear*, e vai logo mandando chumbo grosso: "Saiba o senhor que o simples fato de ser GORDO já é bastante para ser considerado DOENTE. O gordo pode ser até assintomático, o que não significa que tenha saúde. Não pode haver nos dias de hoje nada mais nocivo e prejudicial à saúde do que a obesidade e a ociosidade. Isto é lógico, e não precisamos de nenhuma formação acadêmica para chegarmos a esta tão óbvia e irrefutável conclusão. É pena que alguém tão inteligente e instruído ocupe uma meia página de um jornal tão renomado para defender a apologia de algo tão absurdo. Prefiro pensar que tudo não passa de mais uma dessas crônicas espirituosas e com um gostinho especial de brincadeira de mal (*sic*) gosto. Afinal todo gordo é simpático e brincalhão."

Eis o dogma estabelecido, feito de certezas e conclusões óbvias e irrefutáveis ao longo dos séculos. Quem garante isso, doutor? Sua atitude é anticientífica. Dogmas são para religiões. A ciência é feita de dúvidas, incertezas e é por isso que avança. Durante milênios achou-se que as mulheres tinham menos dentes do que os homens, só porque Aristóteles o dissera. Até que alguém fez o que o sábio grego deveria ter feito: pediu à mulher para abrir a boca e contou...

O senhor já experimentou ler um livro de medicina com mais de vinte anos? Veja o que há de "científico" no conhecimento dos médicos de cinqüenta, sessenta e cem anos atrás. Não vou negar os progressos da moderna medicina, mas é preciso abandonar a idéia de que se chegou ao supra-sumo do conhecimento e da verdade. Um pouco mais de humildade não faria mal, já que, tenho certeza, dentro de vinte anos estarão rindo das "verdades" médicas nas quais acreditamos.

Só para cair em seu exemplo, basta considerar que o senhor e o *establishment* médico consideram o gordo doente, doença que — segundo suas próprias palavras — se caracteriza por dois extraordinários sintomas: "Todo gordo é simpático e brincalhão." Que outra doença se expressa dessa maneira? Qual é a explicação científica para tal "verdade" sem pé nem cabeça?

Prometi falar do LDL, o "mau" colesterol, e cumpro. Classificar o colesterol como "bom" ou "mau" é tão reducionista quanto classificar os animais entre "úteis", "nocivos", "peçonhentos" etc. Quando estudei no ginásio era assim.

Tal classificação é antropocêntrica. Animal "útil" é a vaca, "inútil" é o tigre. Pode ser inútil para nós, e com esse ponto de vista o exterminamos com dano considerável ao meio ambiente. Os jacarés fertilizam as margens dos rios há milhões de anos, mas estúpidos só vêem neles bolsas e sapatos.

Mas vamos ao "mau" colesterol. Ele entope as artérias, certo? Certo! Mata milhões de pessoas no mundo, todos os anos, em virtude de infartos, derrames, tromboses, certo? Certo! Mas pensem em quantas centenas de milhões ele mantém vivas. Como? É simples. Imaginem o coração e o conjunto veias-artérias como um sistema hidráulico no qual a bomba (coração) distribui o líquido (sangue) pelo sistema, fazendo-o chegar aos extremos mais distantes do organismo.

Qualquer bomba funcionando, ininterruptamente, durante sessenta ou setenta anos, perderá muito de sua força com o passar do tempo (as elétricas não sobrevivem a 10% de um coração). Com a queda de débito da bomba o sedimento tende a depositar-se nos canos e dutos de qualquer sistema hidráulico.

Pegue o encanamento de sua casa, com trinta anos, e verificará que a luz (é como se chama o diâmetro interno dos vasos e canos) terá diminuído consideravelmente. Por mais paradoxal que possa parecer, é esse o único modo de manter o sistema funcional. Há menos líquido, a pressão se mantém e o líquido chega aos extremos, não tão bem e abundante como quando a bomba era nova e os canos desentupidos, mas chega.

Experimente trocar o encanamento de sua casa por um novinho e deixe a bomba velha para ver se terá água na caixa... Se, por milagre, desentupissem todas as artérias dos velhos de setenta anos, aposto que a maioria absoluta morreria de insuficiência circulatória na hora. A bomba simplesmente não teria pressão para levar o sangue às extremidades, a começar pelo cérebro, já que ainda tem que ir contra a gravidade.

Sendo assim, a diminuição da luz das artérias, por ação do "mau colesterol", é um processo fisiológico normal nos seres vivos com aparelhos circulatórios. Quando ocorre aos trinta ou quarenta anos deve haver algo errado, mas aos setenta é perfeitamente normal.

Morre-se disso, é claro, mas — infelizmente — vamos sempre morrer de alguma coisa. O defeito do pensamento de alguns médicos é imaginar que se não morrermos *daquele* infarto, simplesmente não vamos morrer mais. Quem garante que amanhã não sejamos atingidos por um câncer? Uma infecção? Um raio? Um tombo? Uma crise de depressão? Uma bala perdida?

A dama de ferro

(JB — 10 DE AGOSTO DE 2000)

Quem sabe, com certeza, qual é a causa da gordura? A verdade, triste, é que ninguém sabe. Basta dar uma olhada nas inúmeras dietas que se sucedem, contrariando-se umas às outras, desde aquelas que deixam o gordo passando fome ante porções minúsculas de legumes cozidos, frango lavado e água, até as que sugerem que o obeso coma só gorduras: *bacon*, lingüiças, carne com banha. Outros recomendarão apenas proteínas; outros, ainda, sugerirão que você passe a comer somente frutas, ou substitua refeições por *milk shakes* com gosto de plástico; enquanto alguns subordinarão sua dieta às fases da lua ou o obrigarão a tomar coquetéis de hormônios e drogas capazes de derrubar um cavalo. Isso tudo associado a uma verdadeira indústria do emagrecimento, que movimenta bilhões por ano e só se sustenta se reduzir o gordo a um ser doentio que só permanece vivo por algum milagre divino, mas que deve apressar-se e emagrecer senão morre, fica cego, perde os pés etc.

Não pretendo aqui achar que é bom ser gordo. O critério que avalio para sentir-me bem ou mal é "sentir o corpo". Quando percebo a presença física dele, não estou bem. Normalmente, o corpo não dá grandes sinais de sua existência, trabalha e opera alheio à percepção. Quando você percebe as batidas do coração, ouve e sente sua respiração, e percebe a máquina funcionando, algo não vai bem. É claro que devemos buscar uma alimentação sadia, e não sou contra caminhadas ou exercícios, desde que dêem prazer.

Lembram-se quando o Cooper inventou o método dele? Era obrigatório correr no mínimo cinco quilômetros por dia e era (ainda é) comum ver velhos ensopados em suor, e bufando como uma locomotiva, acelerando o passo numa corrida para não chegar a lugar algum e submetendo seus velhos corações a um estresse insensato.

Milhares morreram nesse esforço pela "saúde". Lembro-me do rei da corrida nos EUA, Jim Fix, que tombou, vítima de um enfarte fulminante quando se exercitava, lá por volta de 1982 ou 1983. Tinha 47 anos, era magro, atleta exemplar, cercado por um enorme aparato de *marketing* que vendia tênis, cronômetros, uniformes para *jogging*, academias de ginástica, vitaminas e complementos alimentares.

Hoje, passados vários anos, o que recomenda o próprio Cooper? Se você caminhar moderadamente pelo menos meia hora por dia, três vezes por semana, então está OK. Sentiram a diferença entre as duas propostas? Onde está a verdade?

É difícil separar o que é verdadeiro e científico da pura charlatanice nessa área. Durante muito tempo o ovo foi tido como o vilão número um entre os alimentos. Puro colesterol! Adorava ovo e parei de comer, aterrorizado pela propaganda negativa. Um ovo frito, então, equivalia a quase um entupimento total e automático das coronárias esquerda e direita. Parei de comer, desacostumei de ovo e um dia o ovo voltou às boas, inocente... Quem foi que disse que ovo faz mal? Como se chegou a essa conclusão? E como saber se a nova conclusão é certa e definitiva?

Até pouco tempo dava-se leite para prevenir a úlcera (em jornal era rotina nas gráficas) e arrancava-se o estômago de quem tivesse úlcera. Hoje trata-se com antibiótico, pois a doença é causada por uma bactéria. Dar leite é proibido, por fornecer às bactérias condições ótimas para proliferar. Desafio qualquer um a passar em revista as "novidades" médicas anunciadas nos jornais e ver como todas ou quase se contradizem ou são anuladas após um certo tempo. É aí que entram as tais estatísticas "científicas" que o *establishment* médico-farmacêutico nos faz engolir. Querem um exemplo de como são feitas? Lá vai:

Vamos tomar um grupo de sessenta homens na faixa etária entre os quarenta e sessenta anos. Todos deverão ter um padrão de vida semelhante e viver na mesma região. Esse grupo será dividido em dois, de trinta pessoas cada, e o único critério adotado para classificar os dois grupos será o tamanho dos pés. Gente com pé grande fica no grupo um e com pé pequeno no grupo dois. A pesquisa durará dez anos. Durante esse período os pesquisadores contabilizarão as mortes por doenças cardíacas num e noutro grupo.

Podem acontecer três coisas, mas a primeira — empate — é a mais improvável (embora levasse direto a uma conclusão cientificamente correta). Restam as outras duas. Nesse caso, ou terão morrido mais pessoas no grupo dos pés grandes do que no dos pés pequenos, ou vice-versa.

A conclusão "científica" de tal resultado será a de que ter pés grandes (caso morram mais pessoas no grupo um), ou pés pequenos (caso as mortes sejam mais numerosas no grupo dois) é um fator de risco que predispõe a um ataque cardíaco.

Boa parte dessas pesquisas "clínicas" feitas em sua maioria por laboratórios têm um valor "científico" equivalente ao de afirmar que o tamanho dos pés tem algo a ver com as doenças do coração. Em estatística tudo se manipula, e aí está a equipe econômica que não nos deixa mentir.

Prometo que encerro o assunto aqui. E vou voltar ao ponto por onde comecei. *Sports*. Recentemente houve uma tragédia num campeonato de jiu-jítsu, com a morte de um atleta que se dopou. O culto ao corpo e uma competitividade desenfreada, não raro envolvendo muito dinheiro, levam os atletas a se envenenar e infringir danos irreparáveis ao organismo, tomando hormônios, anabolizantes e todo o tipo de substâncias estimulantes.

E o que dizer das academias de ginástica? Acho que se um grande inquisidor da Idade Média revivesse, reconheceria nas academias a evolução de suas câmaras de tortura. Boa parte dos aparelhos medievais adotava métodos de tração, esmagamento ou esforço inútil para obter confissões e arrependimentos. É só visitar qualquer museu da tortura para identificar facilmente os antepassados das máquinas de malhar que enchem nossas academias.

Só ficou de fora a "dama de ferro" que era uma grande caixa metálica (gorda) em forma de sino, sobre a qual havia um rosto de mulher. Ela podia ser aberta de par em par e em seu interior o condenado ficava sentado e era ferido por cortantes espetos de ferro que penetravam em suas carnes quando se fechava a caixa. Como o sadismo não tem limites, era possível aquecer a caixa e a morte no interior era atroz.

Se o preconceito contra os gordos persistir, é possível que alguém ainda sugira, em nome da estética, da saúde e da moral pública, que os gordos sejam assados dentro de "damas de ferro". Gordos, organizem-se e lutem antes que seja tarde demais. Depois não digam que não avisei...

Quem foi o moleque?

(JB — 24 DE AGOSTO DE 2000)

Há coisas que a gente não esquece, momentos cruciais em que a vida e a História mudam radicalmente diante de nossos olhos. Calma, não vou contar nada sobre a última noite de Brutus antes de apunhalar César ou sobre a angústia de Getúlio em seu quarto no Catete, na noite de 24 de agosto de 1954. Não estive presente a nenhum dos dois dramas. Pra ser sincero nunca presenciei um evento que, imagino, vá ficar histórico algum dia. E não foi por falta de tentativa. Simplesmente não aconteceu.

Mas lembro de um episódio de minha adolescência. Estudava no Colégio São Vicente, em Petrópolis, e tínhamos um bom professor de francês, um padre que era um terror. Belga, altão, sangüíneo e careca, Desidério metia medo. Em suas aulas podia-se ouvir o vôo de uma mosca. Certo dia, estava escrevendo no quadro-negro quando o impensável aconteceu: uma bola de papel molhado foi arremessada na direção da lousa e esborrachou-se a poucos centímetros do rosto de Desidério.

Um silêncio sepulcral acompanhou a lenta, interminável, virada do padre que quando encarou o grupo aterrorizado de seus alunos, já arfava e bufava, vermelho como um pimentão e, apontando para o quadro, vociferou:

"*POTTFERDOM!* (Blasfêmia belga) QUEM FOI O *DESGRRRAÇADO* QUE JOGOU ISTO AQUI? TEM CINCO MINUTOS PARA SE ACUSAR SE NÃO FICAM TODOS SEM SAÍDA *DURRRRANTE UM MÊSSSS....*"

Toda a turma sabia quem fora o meliante, mas o estrito código de ética juvenil proibia alcagüetagem. As bocas permaneciam seladas enquanto Desidério, como um touro raivoso, sacava o relógio da algibeira da batina e iniciava a contagem fatal: "FALTAM *TRÊSSS* MINUTOS! DOIS MINUTOS E CINQÜENTA!"

A essa altura toda a turma já olhava, furiosa, na direção do indigitado. O recado era: "Não vamos te acusar, mas você não escapa vivo, logo mais no recreio." Um murmúrio surdo, cochichado, pressionava o infeliz enquanto o carrasco continuava sua contagem regressiva: "Se acusa, desgraçado!" (o desgraçado vai aqui por questão elementar de delicadeza).

Quando Desidério já contava "DEZ, NOVE, OITO, SET...", foi interrompido pelo infeliz arremessador que mal se levantando todo encolhido e, com voz sumida, disse:

"Fui eu."

Desidério parou, ficou ainda mais vermelho, bufou e pareceu que ia partir para cima do infeliz e pulverizá-lo. Chegou bem perto dele e com a respiração pesada, a ponto de explodir, disse:

"PEGUE O PAPEL E JOGUE NA LATA DE LIXO!"

Foi o momento fatal. Evaporou-se o medo. A turma, incrédula, prorrompeu em enorme algazarra que Desidério, correndo de um lado para outro como um touro ferido de morte e gritando, tentava — a essa altura inutilmente — controlar. Em desespero bateu a porta da sala de aula quebrando um vidro que havia na parte superior da mesma.

Não demorou um segundo para a cara do padre prefeito assomar, abrir a porta e perguntar com voz firme:

"QUEM FOI O MOLEQUE QUE QUEBROU O VIDRO?"

A turma caiu em silêncio contendo o riso a muito custo, enquanto Desidério parecia prestes a ter uma síncope. O prefeito entendeu e deixou-nos de castigo no fim de semana, mas nunca mais o pobre do Desidério conseguiu dar aulas sossegado.

Roma locuta...

(JB — 7 DE SETEMBRO DE 2000)

Vou tirar férias e vou sumir para cometer meu segundo atentado literário, um livro que poderá se chamar *Sistina Negra*. Tem a ver com a "Santa Madre", eleição de papa, terrorismo, essas coisas... Por falar em "Santa Madre", ela anda meio estranha nos últimos dias. Primeiro, beatifica uma figura como Pio IX que pode até estar no céu, mas de santo não tem nada. Era um ser odiento, que torturava e matava na guilhotina os seus adversários. Opôs-se à unificação da Itália por querer preservar um poder temporal despótico, cruel e baseado em princípio que, naquele final de século XIX, a história já varrera do mapa há muito.

Esse "santo" chamava os judeus de cães, confinou-os em guetos, perseguiu-os, seqüestrou, batizou e ordenou sacerdote um menino judeu, era contra o livre-arbítrio, a liberdade de religião e de imprensa. Em síntese, parecia-se mais com Hitler e Stalin do que com qualquer outro santo que eu conheça, principalmente com o outro beato, escolhido na mesma ocasião, o doce João XXIII, *Il papa buono*, este sim um modelo de vida santa. Um homem simples que jantava com seu jardineiro por dizer-se triste quando comia sozinho. São Francisco, meu padrão de santo, sentaria à mesa e até passarinho entraria nessa conversa que duraria horas.

Continuo cismado com o fato de que, em 500 anos de história, nós, brasileiros, não conseguimos emplacar UM ÚNICO santinho. A "Santa Madre" não parece ter a menor consideração pelo maior país católico do mundo. Depois reclamam do bispo Macedo...

Ao celerado Pio IX prefiro o nosso "Padim" Cícero Romão Batista. Em que eles são diferentes? "Padim" é muito melhor! Nunca torturou nem guilhotinou ninguém e, ao que se saiba, nunca assumiu atitudes tão antilibertárias quanto o intolerante papa italiano. Além disso, o padre cearense já é objeto de uma fervorosa devoção popular. Pra mim: Viva São Cícero Romão e pro inferno com Pio IX!

Há outro padre no Nordeste, em Natal, muito reverenciado. Trata-se de padre João Maria. Seu pequeno monumento é cheio de ex-votos, flores e velas. Em Natal todos juram por sua santidade e ele não foi sequer polêmico como o "Padim". Por que não é santo ou sequer beato? Sei de pelo menos um milagre do padre potiguar, um modesto milagre caseiro, um milagrezinho, que ocorreu com o meu cunhado. Quando menino ele teve uma infecção no couro cabeludo: a tinha, que desafiou, durante meses, os médicos de Natal e do Recife.

Desesperada, minha sogra foi à igrejinha do padre (que já havia morrido), acendeu umas velas e pediu a graça da cura do filho. Ao voltar para casa, abriu a farmácia e encontrou uma latinha, um remédio antigo, com cara de estar ali há muito tempo mas que nunca havia visto antes. No rótulo, encardido, era possível ler ainda: "Piofrenina". Era uma pasta e ela teve uma inspiração. Pegou a latinha, chamou o filho e lambuzou-lhe o couro cabeludo que parecia uma chaga viva. Em alguns dias não havia qualquer marca ou lesão na cabeça do guri, que ostentava bela cabeleira loira.

Pode não ser um milagre impressionante. Não houve ressurreição dos mortos nem cura do câncer. Só posso atestar que o tal padre (que insisto em chamar de safado para desespero da sogra que se benze e diz que ele perdoa e não sei o que estou fazendo) é bom pra burro para achar coisas perdidas. "Valha-me, padre João Maria", e aquele chaveiro sumido aparece bem debaixo do seu nariz.

É pouco? Pode ser, mas não é ótimo ter um santinho tão prático? Queremos um, pelo menos um santo no Brasil. Garanto que vai ser de maior serventia do que um porta-aviões de segunda mão. Talvez o Brasil não tenha jeito porque não tenha santo, com "S" maiúsculo. Já pensaram nisso? Aporrinhem a vida dos seus párocos e exijam um santo já para o Brasil!

A segunda medida que me assuntou foi a declaração de que fora da "Santa Madre" não há salvação. Brrrrrrrr... já antevejo a fogueira do inferno, ou a da Inquisição... O cardeal Ratzinger, usando de linguagem politicamente correta, declarou a "situação deficitária" dos fiéis de outras religiões e, afirmando que a salvação só é possível no seio da Igreja Católica Apostólica Romana, chocou a todos os religiosos de outros credos e impôs um recuo gigantesco ao ecumenismo e tolerância religiosas que marcaram a segunda metade do século XX, no Ocidente, notadamente depois do Vaticano II. Ao considerar que só vai para o céu quem é associado à "Santa Madre", estaremos sendo mais fundamentalistas que o Islã.

No Corão há várias citações que são exemplo de ecumenismo e tolerância religiosa. Na sura 2 (A Vaca), logo no começo do livro, pode-se ler no versículo 62: "Os que crêem e os que abraçaram o judaísmo e os cristãos e os sabeus, todos os que crêem em Deus e no último dia e praticam o bem, obterão sua recompensa de Deus, nada terão a recear e não se entristecerão." O texto é claro, basta crer e viver uma vida virtuosa para ser salvo. Isso foi escrito há 1.300 anos e soa mais luminoso do que o documento do Vaticano do ano 2000.

A síndrome de Abraão

(JB — 15 DE OUTUBRO DE 2000)

"Isso mostra o caráter do povo com que estamos lidando." A frase foi pronunciada por Nachman Shai, então porta-voz do governo israelense, a respeito do linchamento de três soldados israelenses por uma turba palestina em Ramala. Ela atribui um "caráter" ao povo palestino, um "caráter" necessariamente ruim e selvagem. Segundo a visão do israelense, todos os palestinos são violentos, capazes de linchar e indignos de confiança. Essa afirmação, na boca de um judeu, causa espanto e tristeza. A frase se ajustaria perfeitamente a algum beleguim nazista, falando do "caráter perverso e degenerado" dos judeus e usando esse mesmo preconceito injustificado para confiná-los em campos e guetos, escravizá-los no trabalho e exterminá-los.

Acho que uma das obrigações de ser judeu é justamente não ter preconceitos. Povos não têm "caráter" no sentido racista que lhe é atribuído pelo porta-voz israelense. Caráter é característica da individualidade. Massas podem ser manipuladas, podem até ter uma determinação má ou boa, triste ou alegre, dependendo das circunstâncias, mas isso é inerente a todos os seres humanos. Não se pode ser a favor do linchamento selvagem de soldados de Israel, mas o que dizer do menino palestino baleado quando o pai tentava protegê-lo das balas israelenses? Ele foi apenas uma de várias crianças assassinadas quando os israelenses passaram a responder com balas às pedras da *intifada*.

Não há nada que diferencie a ação da Polícia Militar do Pará, em Eldorado dos Carajás, da ação do Exército israelense nos territórios da Cisjordânia e Gaza. Usa munição real, mira na cabeça do oponente e aplica uma desproporção de força que só favorece os extremistas das duas religiões, que se matam por adorar de modo diferente o mesmo Deus. O que é mais preocupante, jovens israelenses radicais caçam e maltratam árabes com cidadania israelense, em perfeita simetria com os facínoras *skinheads* que perseguem árabes, judeus, turcos e negros em cidades européias.

A lógica implacável da velha lei de talião, "olho por olho", é exercida há anos na região pelos israelenses e tem sido incapaz de trazer a paz. A mesma medida é aplicada por árabes e essa disputa insensata fará com que todos acabem cegos, como lembrava ninguém menos que Gandhi.

É claro que há fatores políticos e econômicos que nada têm de religioso na disputa pela terra. Mas é singular notar que ali, no Oriente Médio, onde as três grandes religiões monoteístas nasceram e se encontram, foi montado, há séculos, um açougue que não pára de triturar vidas humanas em nome do mesmo Deus, que pode ser chamado tanto de Javé, Cristo ou Alá.

Os três "povos do Livro" se dizem descendentes de

Abraão, com quem tudo começou. Abraão foi o primeiro, e ouso dizer que os erros talvez tenham começado aí. (Não vá um raio furioso de Javé me liquidar antes de eu terminar meu raciocínio.) Lembram-se de que Deus, para testar a fidelidade de Abraão, ordenou-lhe que Lhe sacrificasse o próprio filho Isaac, o seu favorito? Você mataria seu filho se Deus lhe pedisse? Olhe bem pra seu filho e responda: lhe passa pela cabeça atender a tal exigência? Embora Deus tenha desistido, Abraão estava totalmente disposto a imolar Isaac e, após amarrá-lo sobre o altar, já levantava a faca para enfiá-la em seu coração, quando o anjo mandou-o parar e apontou para um cordeiro que apareceu por milagre.

Aí, no gesto de Abraão, nasceu o fundamentalismo religioso que tem sido um dos maiores assassinos da história da humanidade: matar em nome de Deus, porque Deus quer. Hoje — graças a Deus! — nas sociedades civilizadas, quem tiver uma idéia semelhante à de Abraão será imediatamente trancafiado como insano. Mas desgraçadamente a síndrome de Abraão é cada vez mais difundida por milagres de seitas apocalípticas e infecta as grandes religiões num paroxismo insensato de violência e, não raro, morte.

Quem está disposto a matar por Deus não conversa, não vê razão para conviver em paz com seu vizinho, nem com seu irmão, nem poupa o próprio filho. Vive entre o medo e a esperança louca e cega de uma recompensa por sua fé. Até o cristianismo, concebido como uma religião de amor, capaz de abrandar e "corrigir" o Deus irado do Antigo Testamento, mandando dar a outra face às ofensas (exatamente o oposto da lei de talião), e o exortando a amar os inimigos, gerou monstruosidades históricas como as Cruzadas e a Inquisição, em nome do Bom Pastor.

A síndrome de Abraão precisa acabar se o homem quiser encontrar paz na Terra. Tanto Javé como Cristo e Alá, se existirem mesmo, certamente não aprovarão matar em seu nome. E não se deve nem usar o nome divino em vão, a ponto dos judeus não ousarem pronunciá-lo e os muçulmanos não ousarem figurá-lo. Por que se deve odiar e matar em nome de idéias tão sublimes quanto as expressas pelas religiões? Vamos olhar para nós, mortais, e pensar onde está escrito que o sangue de um menino palestino e o de um soldado judeu são diferentes? O de um pode até salvar a vida do outro. Por que derramá-los em vão?

Talvez a resposta esteja na sura 109 do Alcorão, quando o Profeta escreve: *"Em nome de Deus, o Clemente, o Misericordioso/ Dize: 'Ó descrentes/ Não adoro o que adorais/ Não adorais o que adoro/ Nunca adorarei o que adorais/ Nunca adorareis o que adoro/ Tendes a vossa religião e tenho a minha.'"* O Alcorão contém muitas passagens contraditórias, mas essa é de uma clareza ímpar e, o que é mais extraordinário, não estabelece juízo algum de valor sobre a singularidade religiosa de cada um, salvo a diferença.

No momento em que o homem souber reconhecer, aceitar e conviver em paz e harmonia com a diferença, terá se aproximado um pouco mais de Deus. O que ocorre agora (além dos interesses muito terrenos e fora do campo religioso) é pura e simplesmente uma aberração. Vamos amar nossos filhos e não matá-los. Um Deus que manda matar deve ser apagado do coração do homem.

O céu perdido

(JB — 2 DE NOVEMBRO DE 2000)

Às vezes cismo que o que nos ensinam na escola não serve para muita coisa. Somos modernos, informados, mas não sabemos quase nada sobre o planeta e o universo que nos rodeia. Há quanto tempo você não olha para o céu? E, mesmo se olha, o que lhe diz o céu? Nisso, lamento muito informar-lhe, meu caro contemporâneo do século XXI, qualquer camponês ou marinheiro antigo conhecia muito mais o céu do que nós. Fantasiava, é certo, não tinha a menor idéia da constituição do cosmo, mas eu e você, homens comuns da rua, não sabemos muito mais do que eles e desaprendemos a usar o céu para nos orientar, para saber quando é a hora de colher e semear, quando se aproxima o momento de festejar ou preparar-se para o inverno. A verdade é que demos as costas à Natureza, pensamos que não dependemos mais dela e nos tornamos seres estranhos em nossa própria casa, a Terra.

Olhamos para o céu (nas raríssimas vezes que o fazemos), e nada nos passa pela cabeça. Quando era pequeno, o céu era mais presente em minha vida. Sabia onde estava o Cruzeiro do Sul e o meu céu começava, como começa até hoje, pelas Três Marias, o cinturão de Órion em sua constelação. Olhe para o céu e trate de identificar as constelações do zodíaco, se for capaz, e renda-se à imaginação desvairada dos antigos.

Morei no Paraguai, quando menino. No Centro-oeste, há lugares em que o céu parece mais próximo da Terra. A Via-Láctea impressionava com sua miríade de estrelas. Não sabia que era um mero pedaço de nossa galáxia, não sabia nem o que era galáxia, não tinha idéia (ninguém tinha), de que pudesse haver buracos negros. Para mim, o cosmo era imenso e misterioso, e sentia arrepios na alma quando contemplava aquele céu, para sempre perdido.

Mais tarde, um amigo ganhou um Poliopticon, um brinquedo ótico que permitia montar microscópios, lupas e lunetas. A visão da lua, de perto, era de tirar o fôlego do pré-adolescente que observava o espaço no escuro do campo de futebol do São Vicente, em Petrópolis, para ver os primeiros satélites artificiais. Eles tinham hora para passar, e nós fizemos uma tabelinha, como essas de horário de trem. Primeiro era o Sputnik, e lembro-me bem da angústia que todos sentimos ao saber que *Laika*, uma cadelinha russa, ficaria (e morreria) em órbita.

Até a cor dos satélites era diferente. O americano, Vanguard, tinha um brilho avermelhado e os Sputniks russos eram mais puxados para o prateado, mas não tenho certeza e posso estar sendo traído pela memória.

Os meninos dividiam-se em torcedores dos soviéticos e dos gringos. Hoje, há milhares de satélites no céu, mas ninguém mais presta atenção neles. Além disso, a maioria dos trecos em órbita resolveu simplesmente estacionar no cosmo. Não há mais emoção.

Disco voador andava em moda naqueles tempos, mas nunca vi, salvo uma noite em que observava o céu com o Rondon (assim chamado por ser neto do marechal), que era meu grande rival e amigo no internato em Petrópolis. Vimos uma "estrela" que saiu de sua posição, descreveu um grande círculo sobre nossas cabeças, incrédulas e perplexas, e voltou para o seu lugar. Nem adiantava contar e até hoje não entendi. Seria um OVNI?

Imaginávamos que poderia haver vida em outros planetas, em galáxias bem longe daqui, onde houvesse um sol amarelo de quinta magnitude, o que me dava uma certa frustração, bem brasileira, em relação ao astro-rei. Estrela de quinta grandeza? Entre nós, segundo lugar já é porcaria, imaginem quinto. Mixaria. Em nossa fantasia, especulávamos sobre algo que a Física já estabelecia como hipótese, mas que para nós era produto de pura dedução, exatamente como Demócrito, que concebeu o átomo, mais de 2.500 anos antes de ele ser descoberto.

Nossa fantasia era a seguinte: havia tal quantidade de estrelas e, em conseqüência, de planetas, que, apenas estatisticamente, era possível existir, em alguma parte do universo, um mundo exatamente igual ao nosso em absolutamente tudo, a ponto de, nele, dois ginasianos tontos, nossos gêmeos, estarem num outro São Vicente, em outro mundo, fazendo exatamente o que nós estávamos fazendo naquele momento preciso. Uma espécie de espelho da Terra, de universo paralelo.

Depois, descobrimos a noção do ano-luz e veio a idéia, assustadora, de que o céu que estávamos olhando já morrera há muito tempo. Daí deduzimos que um planeta situado a dois mil anos-luz do nosso, se pudesse captar e ampliar nossas imagens, estaria assistindo de camarote ao Império Romano. Nós sequer existiríamos e só seríamos apresentados a nossos vizinhos *voyeurs* daqui a dois mil anos, quando já estivéssemos — há muito — esquecidos por aqui. Quanta coisa tirávamos do céu! Hoje, o máximo que imagino quando olho para cima é se vai chover ou não.

Às vezes é triste crescer.

Vá para o pleroma!

(JB — 5 DE NOVEMBRO DE 2000)

Odeio o falar politicamente correto. Trata-se, sem qualquer exagero, de um processo de emburrecimento global, nascido nos EUA, sob o pretexto (em princípio correto) de não ofender minorias. Lá, por exemplo, aboliu-se a expressão *nigger* com a qual se (mal)tratavam os negros em geral. Ela foi substituída por *black*, preto, o que é até mais correto e visualmente incontestável. (Curioso é que no Brasil prefere-se negro a preto.) Mas aí o politicamente correto evoluiu para a burrice e passaram a chamar o negro de *afro-american* (afro-americano), uma besteira total. Meu pai era africano e era branco, o Khadafi e o rei do Marrocos são semitas, não são negros, e, se esse reducionismo pega, meus filhos seriam "eurobrasileiros" e assim por diante...

O mais curioso é que essa besteira empobrece tremendamente a língua. Cego deixa de existir (onde será que o termo ofende?) e passa a ser "deficiente visual". Pessoalmente ficaria mais ofendido com a expressão deficiente do que com a simples palavra cego (cuidado, revisão!). Anão? Anátema! Palavrão! Leproso? Chamem a polícia! (Se for morfético então, é caso de pena de morte). Aleijado? AAAARRRRGGGGGHHHHH! Surdo? Moro perto do Instituto de Educação dos Surdos e vejo (ufa! que alívio!) que ainda não mudaram a placa para "deficiente auditivo" ou "auditivamente prejudicado".

    E o que dizer dos costumes? Sou do tempo em que as palavras tinham um peso específico. Hoje existe a AIDS, mas também a camisinha, e não me consta que todos tenhamos nos tornado santos. Então que fim levou a palavra amante? Não há mais amantes, ninguém mais vive em concubinato e o adultério está praticamente esquecido. "Amante! Concubina! Adúltera!", quem vai atirar a primeira pedra?

    (Aliás, aqui faço uma pausa para contar uma piada que é boa. Estava Jesus entre a adúltera e a multidão disposta a apedrejá-la. O Mestre levantou as mãos e disse: "Quem não tiver pecado que atire a primeira pedra!" A multidão imobilizou-se, silenciou, largou as pedras e começou a deixar a rua quando Jesus viu uma velhinha abaixar-se e pegar um pedregulho. "Mããäe! Você, não!", gritou Jesus.)

    E já que falamos em religião, protestei uma vez, em artigo em *O Globo*, sim já trabalhei lá, quando os anglicanos mudaram o Pai-Nosso, substituindo "tentação" por "horas de tribulação", mas os burocratas eclesiásticos — desta vez do Vaticano — não tomam jeito e mergulham de cabeça no politicamente correto. Não chegam aos extremos dos burocratas do regime militar que, em relatório, estamparam esta pérola: "contatos hídricos recreacionais de terceiro grau". Tradução: banho de rio! Mas um livro publicado na Itália pelo jornalista

Roberto Beretta: *Il piccolo eclesiale ilustrato*, reúne algumas pérolas do novo vocabulário eclesiástico. Dá vontade de chamar a Inquisição de volta...

Vou tentar traduzir os termos para o português e posso até cometer erros, pois são quase todos neologismos, perdão, ou talvez, "novas expressões fonéticas incorporadas ao uso da língua". Mas vamos ao "neocatoliquês". Você se lembra da homilia? Pois é, é o que chamávamos de sermão, e chegar depois do sermão tirava meio valor da missa (era o que a gente acreditava). Devo dizer que, em geral, o sermão era um troço chato mesmo, mas íamos à missa para o padre assinar a caderneta escolar atestando que assistíramos ao culto. Sendo assim, procurávamos chegar depois do sermão e nossas contas com Deus acertávamos no confessionário. Sermão, nem falar, é xingamento, mas nem homilia pode mais, agora temos o "momento homiliástico".

Lindo, não?

O pregador passa a ser um homiliasta (o termo é dicionarizado, mas é no mínimo pedante, como diria o padre Antônio Vieira em seus bons e velhos sermões). O simples batismo torna-se "opção batismal", uma bobagem, já que a maioria dos batizados não opta por absolutamente nada, por ser incapaz, com alguns dias de vida, de fazê-lo.

E a missa? Palavra simples que diz tudo. Virou "celebração litúrgica", "ceia do Senhor", "divisão do pão" ou (em italiano) "sinassi". Termo para o qual o equivalente português é "sinapse", que tem tudo a ver com sistema nervoso, trata-se de uma conexão entre dois neurônios (células do sistema nervoso), para que se propague o impulso nervoso de um para o outro. Só em sentido muito figurado pode-se descrever a missa como uma sinapse, houve uma intelectualização, como se alguém quisesse afastar a igreja dos fiéis.

A conversão passa a ser uma metanóia, palavra que existe nos dicionários e que, de fato, significa conversão, mas nesse caso — mais uma vez — por que complicar? O velho e bom termo ateu (aquele que não crê em Deus, ÍMPIO!) passa a ser um "não-crente". Agnóstico (pessoa que só admite os conhecimentos adquiridos pela razão e evita qualquer conclusão não demonstrada) é muito sofisticado. Talvez acabem distinguindo um do outro por "não-crente ativo" e "não-crente passivo". A primeira comunhão e a crisma passam a ser "sacramentos da iniciação cristã". A caridade torna-se "exercício da proximidade com o próprio semelhante". Esta se parece bastante com a dos "contatos hídricos".

Mas saiba que se você morrer com a alma mais suja do que a capacidade de Omo, Minerva e Ariel de lavarem mais branco, então fique sabendo que você não vai para o INFERNO! Como? Não? O quê? O INFERNO MUDOU DE NOME? Como é que é? PLEROMA? INFERNO VIROU PLEROMA? Em grego, pleroma quer dizer plenitude. Não entendi... Pleroma é também a zona central do caule das plantas, o que entendo menos ainda.

Quer saber de uma coisa? Vá para o inferno! Perdão, vá para o pleroma! (Parece nome de doença pulmonar.) E o diabo? Será preciso de chamá-lo de "anjo prejudicado"?

Fico com medo de que a coisa pegue. Um dos objetivos da "novilíngua" (vide Orwell) é apagar as emoções e tornar tudo pasteurizado, anódino, sem graça, sem emoção. Os sentimentos devem ser varridos para debaixo do tapete. Tome cuidado com o que fala. O termo "crioulo" pode enquadrá-lo na Lei Caó, depende de como se fala, embora a seguinte descrição: "passou por aqui, era um criolão", possa ser adequada, mas, se fosse vivo, Adolfo Caminha teria problemas com *O bom crioulo*, além do mais porque o personagem em questão era "*gay*" e não "veado", como Lula referiu-se, há algum tempo, aos pelotenses.

Sendo assim, morram a emoção e a objetividade e vamos à assepsia vocabular que emburrece. Imaginem a multidão no Maracanã. Quarenta e quatro minutos do segundo tempo. O centroavante se prepara para fulminar, o goleiro está fora da jogada, quando o becão vem por trás, dá um carrinho e faz PÊNALTI! O quê? O juiz não deu? LADRÃO!

Agora imagine o Maraca em peso gritando, e repetindo, a plenos pulmões: "Filho da mãe sexualmente remunerada!" Eu, hein?!

A arte de furtar

(JB — 30 DE NOVEMBRO DE 2000)

Peça rápida em um ato.
Cenário: redação de jornal.
Editor acaba de saber da prisão do banqueiro Arthur Falk (ficaria preso seis horas), acusado de dar um golpe de R$ 160 milhões nos correntistas do *Papatudo* e procura palavra para a manchete.

"Que tal roubo?", pergunta o editor.

"É perigoso", responde o redator. "Além disso, roubo implica violência."

"Duvido", diz o editor, pega o Aurélio e lê: "Roubar." A primeira definição é com violência, mas lá vem. "Furtar, subtrair coisa alheia", e tem mais, "apropriar-se fraudulentamente de; subtrair."

"Taqui, ó!", grita o editor em triunfo e roubo vai para a manchete.

Logo estabelece-se a dúvida na cabeça do editor e um advogado é consultado a respeito. Vai logo afirmando que "tecnicamente não é bem assim, não é roubo".

Editor: "Ah é? E como chamar isso?"

Advogado: "Apropriação... talvez... É preciso ver os detalhes técnicos."

Editor : "E quem se apropria é o quê? Não é ladrão?"
Advogado: "Não é bem assim..."
Editor: "Quem subtrai uma laranja numa feira, está fazendo o quê?"
Advogado (rápido): "Furtando."
Editor: "E quem furta é o quê?"
Advogado (rápido): "Ladrão!"
Editor : "E quem some com R$ 160 milhões de um monte de gente pobre é o quê?"
Advogado: "Bom... depende... tecnicamente..."
(pano rápido)

O crime de Madame M.

(JB — 7 DE DEZEMBRO DE 2000)

Responda rápido. Você não morre de medo de ser enterrado(a) vivo(a)? Quantas histórias já não ouviu de caixões que são abertos, com marcas de unhas rasgando o forro interno da tampa, ou com o esqueleto de bruços, como quem tentasse forçar a abertura do esquife com as costas? Já imaginaram o desespero? Quando era menino morria de medo disso.

O nome do fantasma é catalepsia e vai ganhar muito dinheiro o papa-defunto que inventar túmulo com telefone celular (pré-pago, naturalmente). É simples. Enterra-se o falecido com um desses telefones, ligados a uma antena coletiva no cemitério e se você acordar depois de enterrado poderá facilmente chamar o coveiro de volta. Ter uma pequena garrafa de oxigênio e uma lanterna adicional ajudaria a formar um *kit* garantia contra ser enterrado vivo.

Na Europa, o defunto fica cinco dias em casa (o que é um sufoco, mas em geral lá, quando se enterra, se tem absoluta certeza de que foi desta para melhor). Mas no Brasil é jogo rápido: morreu de manhã, já está na cova à tarde. Isso aumenta, e muito, a chance de ser enterrado antes de chegar a sua hora. Brrrrrrrrr.

Falo de cadeira. Já passei por isso, ou quase por isso. Há seis anos sangrou-me um aneurisma cerebral. Fui parar no hospital, com 50% de chances de bater as botas, e dezenove dias depois fui operado durante dez horas e meia. No início tudo era muito vago e parecido. Estava na maca, percorria corredores, subia em elevador, entrava na sala de cirurgia, com aquelas luzes, o anestesista japonês (pra variar) tentando pegar a minha veia do braço, que, como a do Ignacio Loyola Brandão, é "bailarina", isto é, escapa da agulha. E, para meu terror, disse que faria algo que só se faz com os pacientes depois do efeito da primeira anestesia. Da fala passou ao ato e levei uma agulhada de cavalo na jugular (ou seria a carótida?) e apaguei.

Apaguei? Que nada! Escuto toda a movimentação da sala, percebo que me cortam o cabelo, sinto o bisturi do cirurgião que me abre a pele, disseca o músculo e serra o osso malar. Ouço piadas e um som de furadeira e — horrorizado — sinto a pressão da broca em meu crânio. Estão me abrindo o crânio! E estou percebendo (e sentindo dor, como se tratasse dentes sem anestesia).

Tento mexer um dedo, o dedo mindinho. Meu cérebro ordena: mexe, dedo! Concentro-me, uso toda a minha energia, mas não consigo o menor movimento. Meu corpo está desligado de mim. Ouço a broca e um barulho de serra (dói). Desesperado, quero emitir um vagido e é novamente impossível, nada em meu corpo me obedece. Estou paralisado pelo anestésico, à base de curare, um veneno dos índios. É como se estivesse morto, e identifico, nítidas, as vozes do cirurgião e do instrumentador. (Se você ainda estiver lendo, fique sabendo que tudo acabou bem, senão você não estaria nestas linhas. Óbvio, né? Mas, finalmente, os médicos perceberam! Como conseguiram? Só conto a pedidos.)

Mas o que tem isso a ver com o crime de Madame M.? Já explico. Era moleque e vivia na Urca. Lá há uma adorável igrejinha em estilo espanholado, a N. S. do Brasil. Na verdade, são duas capelas. A de cima, bastante ampla, e outra menor, embaixo, ao nível da rua. Lá se rezavam missas de corpo presente. Nós, as crianças, podíamos nadar ao largo das pedras da Urca, no trecho da avenida Portugal. Bons tempos!

Subíamos nas pedras, perto da igreja, quando percebemos uma gritaria. Muita gente saía às carreiras da pequena capela térrea com ar assustado. Curiosos, fomos até a porta e vimos o defunto, um velho, sentado, rígido, no caixão. À sua volta parentes em prantos, e a maior confusão. Depois de constatar-se que o falecido estava de fato morto e que se tratava de um grande espasmo *post-mortem*, desdobrou-se o finado e a missa continuou. (Isso, parece, ocorre muitas vezes depois de fechar o caixão, daí os corpos encontrados em posições estranhas e as lendas sobre a freqüência da catalepsia.)

Passaram-se os anos e eis-me no curso de Medicina Legal, em pleno auditório da sala de autópsias do IML, onde o quadro (e o cheiro) eram dantescos e dava graças a Deus por ser míope e poder retirar os óculos para não ver aquilo tudo, mas não podia deixar de ouvir os comentários escatológicos dos serventes sobre a última refeição do defunto.

A certa altura, um dos professores disse que um dos sintomas típicos de envenenamento por uma substância cujo nome esqueci (seria o arsênico?) era exatamente esse tipo de espasmo do defunto da Urca. Voltei no tempo e comecei a fantasiar. O que teria ocorrido? Fora um mero acaso ou tentativa desesperada do morto para acusar alguém? Será que a mulher do defunto fez como as velhinhas inglesas e envenenou o marido com chá e arsênico? Ah! O Sherlock Holmes com um material desses!

Nunca saberei a verdade, meu caro Watson. O mistério.

O anjo esquecido

(JB — 13 DE DEZEMBRO DE 2000)

Uma ausência doeu na disputa sobre o jogador de futebol do século. Falou-se em Pelé, Maradona, Puskas, Di Stefano, Beckenbauer, Didi, e outros, todos jogadores maravilhosos. Mas faltou um que, a meu ver, representa a própria essência do futebol: um prazer, um deleite, uma dança. Um vôo de passarinho, solto, livre e feliz. Vi esse passarinho em campo várias vezes, e sofri muito, pois ele não jogava no time do meu coração. Defendia uma estrela solitária contra o Flamengo daqueles idos.

Mas a cada João que ficava sentado na grama, de pernas abertas, zonzo, perdido, sem entender a mágica daquelas pernas tortas que pareciam ir para um lado e, na verdade, acariciavam a bola e a levavam para outro, eu tinha certeza de estar vendo algo único. Era como contemplar Mozart compondo ou Michelangelo pintando. Ele era incomparável. Era como um anjo torto (alô, Drummond; alô, Nelson Rodrigues), brincando com a bola.

Torto, desajeitado, intuitivo e dotado de uma inteligência tão acentuada que passava por débil (engano que é comum a muitos gênios), Mané Garrincha foi esquecido pelos donos do futebol-dinheiro, do futebol-negócio, do futebol-marketing, mas vive na lembrança de quem gosta de futebol-arte.

De fato, no mundo mercantilizado de hoje não há mais lugar para a inocência de passarinhos soltos, para a brincadeira, para a espontaneidade, para o sorriso aberto que vem do fundo da alma. Não dá pra esquecer de você, em 1962, no Chile e em tantas alegrias que deu a todos nós, mesmo quando o nosso time perdia.

Para mim, não tem Pelé nem Maradona. O título é seu, Mané Garrincha.

O morto-vivo

Onde estava? Ali, sim!... Sentia a pressão da broca contra o crânio e ouvia o barulho agudo do motor girando a alta velocidade: bbbbbbzzzzzzziiiiiinmm. Ouvia também: rruuuuummmm, o ruído grave e que se irradiava pela cabeça, da broca comendo o osso. Tinha medo que errassem a mão, o crânio cedesse e "splash!", espalhasse miolos por toda a sala. Uma vez aberto o buraco, saiu todo o líquido que fica entre as meninges. Felizmente, não dói mexer no cérebro. Mas, como dizia, tentava mexer-me e era um morto-vivo. Até que, a certa altura, tudo foi ficando nebuloso...

Quando acordei, depois da operação, comentei o fato com o cirurgião que me respondeu que o anestesista notara o meu problema.

"Como?", perguntei.

"É fácil, todas as vezes que fazíamos ou dizíamos algo estressante teu ritmo cardíaco aumentava, a pressão subia e a respiração acelerava. Você não podia tomar mais anestésico. Já estava no limite. Mais um pouco e teria uma parada respiratória. Aí, nós fizemos algo de que não gostamos muito, mas foi o único jeito."

"O quê?", perguntei. A resposta me surpreendeu. Fui congelado! Ou quase. Montaram um anteparo ao redor da mesa cirúrgica e encheram de gelo. Fiquei no gelo, como um peixe numa peixaria. O objetivo era baixar minha temperatura corpórea para 34 graus.

"Mas por que vocês disseram que não gostam de fazer isso?", insisti.

"A combinação anestésico e hipotermia pode afetar o sistema nervoso e mudar o caráter das pessoas. Indivíduos criativos podem tornar-se apáticos; bem-humorados viram ranzinzas e assim por diante."

"Nossa, então estou perdido..."

"Tenho certeza que não. Você deve ser paranormal, até conversou comigo quando ainda dormia, em anestesia profunda, e falou como se estivesse acordado, fazia perguntas e respondia. Estava totalmente orientado", disse o médico.

"Só se for dormindo mesmo, mas não me lembro disso", respondi.

O cirurgião confirmou algo de que já suspeitava. Em meu cérebro nada está onde devia estar. Daí a demora da cirurgia. Ali mesmo, entendi melhor uma certa fama de doido que carrego desde pequeno. O que me salvou foi o sistema nervoso autônomo, que controla a respiração, os batimentos do coração, o calibre das artérias e os movimentos das tripas. Tudo isso funciona independente de nossa vontade. Foram esses músculos que mostraram, nos monitores, ao anestesista, que estava apavorado com aquela situação de mumificado vivo. Hoje, anos depois, já existem aparelhos para medir o nível de consciência.

Em tempo. O médico que me operou foi o Dr. Evandro de Oliveira, da Beneficência Portuguesa, em São Paulo, considerado um dos três melhores do mundo em aneurismas complicados. (E o meu era dos piores.)

O Brasil tem dessas coisas surpreendentes.

Formigas

(JB — 11 DE JANEIRO DE 2001)

Sento-me à mesa, vazio de idéias, e sobre a folha de papel a vejo. Ela é minúscula, menor que um ponto, e move-se com velocidade para atravessar o grande deserto branco. Sinto-me um deus ao segui-la com os olhos. Talvez semideus, já que não posso criá-la. Mas, a partir do momento em que a percebo, ganho um poder absoluto sobre a sua vida, seu futuro. Se resolver, basta calcar o dedo sobre a folha de papel para reduzi-la a nada.

Como verá o mundo? Do meu ponto de vista, o território que ela percorre é apenas uma folha de papel, mas para ela deve ser um lugar fascinante, perigoso, misterioso, enorme, cheio de sulcos, rugosidade, trilhas, alimentos e criaturas ainda menores do que ela, que se movem fora de minha percepção. Microscópicas. Um amassão no papel equivale a uma sucessão de morros e vales, que ela domina e escala com seu jeito apressado.

Vejo-a aproximando-se da borda do papel e ponho um tinteiro em seu caminho. Ela sobe pelo vidro azul, em 90 graus, para mim uma superfície inteiramente lisa, mas para ela — quem sabe? — uma enorme escarpa fascinante, cheia de irregularidades, pontos de apoio em direção ao cume. O que ela estará vendo? Sobre a tampa do tinteiro, hesita por uns segundos e, resoluta, começa a descer. Desloco o vidro para o meio da folha de papel. Ei-la de novo no deserto branco.

Quase invisível, a pequena formiga é uma criatura sofisticada, com cérebro, aparelho digestivo, coração, antenas sensoriais, boca, olhos! Pêlos! E patas articuladas. Naquele ponto minúsculo vive um ser que é uma eficiente usina de energia, capaz de carregar sete vezes o seu peso, e deslocar-se até de cabeça para baixo, movendo-se com a velocidade relativa de um carro. Como é possível caber tanta vida naquele ser mínimo?

E ela ainda é enorme, perto de um ácaro. E, embora eu a esteja observando há algum tempo, ela não chega a ter a menor percepção da minha presença. Nem desconfia que existo. Sou grande demais para ela. Uma viagem dessa formiga por nossas roupas e nossos corpos corresponderia a uma aventura humana na Lua ou em Marte. Depois de alguns minutos — deus benfazejo — deixo-a partir, incólume, em sua exploração.

Quanto vive? Pouco. Mas a sua noção do tempo é diferente da nossa. Para ela, uma hora humana deve equivaler a uma eternidade. E aí me bate a dúvida. Será que não somos, por nossa vez, formigas? Será que o nosso tempo de vida, nossos oito ou dez mil anos de história, e quatro milhões de anos de presença neste planeta, com mais de quatro bilhões, não serão apenas um ínfimo instante na vida de algum ser imenso que nos observa?

Não falo de Deus. Assim como não criei a formiga, esse ser não nos teria criado. Apenas mora em outra dimensão. Em minha imaginação, vejo-me vivendo em alguma solução numa lâmina de microscópio prestes a ser lavada. Estaríamos habitando uma das bilhões de moléculas da solução? O cientista (a criatura grande que não vemos) pousou a lâmina na bancada, foi almoçar e vai voltar logo. Toda a história da Terra estará contida, assim, no horário de almoço desse ser, antes de desaparecermos em alguma pia, ou autoclave.

Experimente comparar fotos do infinitamente grande (o universo), com o infinitamente pequeno (estruturas atômicas e moleculares) e veja se não se parecem com duas gotas d'água. Ou — quem sabe? — o nosso cientista é um pouco menor, mas ainda assim desmesuradamente grande para que o percebamos, e não estará nos observando, como observo a minúscula formiga e matutando se me amassa com o dedo ou não?

E quem nos garante que ele, por sua vez, não passa de uma...

Ehh... É complicado...

Justiça!

(JB — 13 DE JANEIRO DE 2001)

"Meu Deus, ele é meu filho! E é perfeito!"

Já se passaram dez anos desde que Carmem Lúcia Lapoente da Silveira viu o filho com vida pela última vez, e teve um pensamento que nunca lhe passara pela cabeça desse jeito. Com 1,90m de altura, moreno, porte atlético, sorriso luminoso, aberto, feliz, Márcio Lapoente da Silveira era um belo rapaz de 18 anos, muito popular entre a criançada do prédio onde morava por brincar com eles e tocar guitarra com maestria. Márcio era aluno da Academia Militar das Agulhas Negras, e ao acordar a mãe para despedir-se dela com um beijo carinhoso, não imaginava que estava prestes a conhecer o inferno.

No dia 9 de outubro de 1990, às cinco da manhã, Márcio estava em treinamento num pelotão liderado pelo tenente Antônio Carlos De Pessoa. O exercício era puxado. Márcio sentiu-se mal e pediu para descansar um pouco. Aos gritos, o instrutor ordenou que continuasse. Márcio continuou a instrução, suando, fraco, sentindo que o chão lhe faltava e tudo começava a rodar à sua volta, a ficar longe...

Desmaiou e decretou a sua sentença de morte. Seu carrasco foi o instrutor, De Pessoa, que passou a gritar como um selvagem e a dizer-lhe, em meio a uma enxurrada de palavrões, que fosse homem e que parasse de embromar. Das palavras passou aos atos e começou a chutar Márcio no corpo e na cabeça. O coturno do oficial bateu várias vezes, com força, na fronte do rapaz. Em seus derradeiros momentos de consciência, Márcio ainda tentou defender-se. Uma coronha de fuzil esmagou-lhe quatro dedos e reduziu a sua mão esquerda a uma bola disforme de sangue.

Ao enterrá-lo, seus pais não conseguiram sequer colocar as mãos de seu filho em posição de prece, como ocorre nos enterros cristãos. Márcio, na rigidez da morte, continuava se defendendo de seu algoz e a mão enegrecida pelo sangue coagulado era a testemunha de seu calvário. Enquanto De Pessoa liberava o seu sadismo, outros oficiais assistiam, sem intervir, e mantinham os alunos à distância. Um deles chegou a comentar dirigindo-se a Márcio, que agonizava: "Você está com cara de quem vai morrer." Toda a sessão de tortura foi filmada ante o espanto e revolta dos colegas de turma de Márcio, que era benquisto por todos.

Márcio, inconsciente, ficou estendido numa maca exposto ao sol durante três horas, sem qualquer assistência. Formou-se um cordão de isolamento de soldados à sua volta e seus companheiros e até dois médicos foram rudemente impedidos de aproximar-se dele, sendo informados de que se tratava de "uma cagada da instrução". Só às 8:30 deu entrada no Hospital da AMAN. Diagnóstico: meningite. Diagnóstico impróprio, inepto, mas nem de todo destituído de fundamento. Experimentem chutar a cabeça de alguém para ver se não resulta numa meningite hemorrágica, traumática.

Em Resende havia um hospital com UTI que poderia perfeitamente ter atendido o menino, mas ele foi jogado numa ambulância sem qualquer equipamento, nem oxigênio, e transferido para o Hospital Central do Exército, no Rio. O calor era tanto dentro da ambulância que o trajeto foi feito com a porta aberta porque o enfermeiro que o acompanhava reclamou. Márcio morreu na Dutra e chegou morto ao Hospital Central do Exército.

A autópsia foi assinada por um legista de passado notório, que por acaso conheci durante o curso de medicina: Rubens Pedro Macuco Janine, que já assinara laudos falsos durante a ditadura e que acabou tendo seu registro cassado pelo CRM. O caso foi parar na Justiça Militar, mas o espírito corporativo protegeu o assassino. A abertura do processo foi atrasada para que De Pessoa pudesse ser promovido a capitão. (Certamente o foi por bravura!)

Quando chegou à Justiça Militar, o caso caiu nas mãos da juíza Sheila Bierrenbach, uma pessoa correta, não fosse ela filha do almirante Bierrenbach, uma figura de dignidade ímpar, que nunca aceitou a explicação do Exército para o caso Riocentro. A juíza requisitou o filme, mas soube que o mesmo havia sido destruído, embora conseguisse o depoimento do soldado-cinegrafista. Na hora do julgamento, havia três juízes militares pára-quedistas na mesa. O pai de De Pessoa foi um dos fundadores da brigada de pára-quedistas, De Pessoa era pára-quedista e o resultado previsível. Mas mesmo assim, a Justiça Militar reconheceu documentalmente que houve "excessos" praticados por oficiais e negligência e erro médico, por parte dos médicos da AMAN. Apenas De Pessoa foi julgado, punido, mas beneficiado com *sursis* pelo Superior Tribunal Militar.

Inconformados, há dez anos os pais do jovem morto procuram justiça. Seu pai é oficial da Marinha e não queria que o filho seguisse a carreira militar, mas a mãe não se opôs ao desejo do filho, por considerar que o nível de ensino das escolas militares é reconhecidamente excelente. Márcio tem um irmão, que sofre de autismo.

"Com a morte de meu filho, minha família foi destruída, acabou. Hoje somos três, amanhã, dois, um e nenhum, não tenho netos, nada...", desabafa dona Carmem, ainda emocionada e triste.

Numa carta à mãe, depois do ocorrido, o então comandante da AMAN, general-de-brigada José Ari Lacombe, (que já elogiara Márcio por seu desempenho escolar) descreve o episódio de forma inteiramente diferente. Vejam só como: "O Márcio ainda realizou um desses deslocamentos. (Era uma marcha forçada, exercício comum na instrução militar.) Subitamente caiu sobre o solo (*sic*), sendo atendido por um dos médicos que acompanhavam todo o desenvolvimento do exercício. Parecendo melhor, levantou-se, vindo a cair novamente, desta vez apresentando um quadro de vômito, agitação e febre. Os médicos, presentes ao local, reavaliaram e decidiram transportá-lo na ambulância que lá estava para o Hospital Escolar da Academia." Lá, segundo o comandante, foi constatada a "meningite".

No relato oficial não há a menor menção da presença ou ação de De Pessoa. Para o general Lacombe, De Pessoa não existe. Sumiu. Evaporou-se. O general mentiu, senão como explicar o IPM e a condenação, ainda que branda, do torturador? Para dar uma idéia do caráter e da formação de alguns militares, basta lembrar que, cinicamente, o então comandante da AMAN aconselhou aos pais que não dessem ouvidos à imprensa porque, "por estarmos habituados a conviver com a imprensa (só se for censurando, o que ainda devia estar em sua memória), sabemos perfeitamente que, na sua grande maioria, ela não tem absoluto compromisso com a verdade e sim com o sensacionalismo. Normalmente divulgam fatos com interpretações próprias, fazem ligações descabidas com outras ocorrências isoladas (há 37 denúncias de tortura de praças das três Forças Armadas sendo examinadas pela Justiça do Rio nos últimos dez anos), tudo com a finalidade de desgastar a imagem do Exército, organização séria e respeitável".

Quem quer respeito, dê-se ao respeito. Desde Osório, o Exército é uma instituição digna de respeito, mas desde a aventura de 1964, alguns militares especializaram-se em atirar nos próprios pés. Afinal, Márcio era o quê? Um terrorista que merecia tortura? Era Márcio um inimigo do Estado? Difamador do Exército? Comunista? Em nome de um conceito imbecil de disciplina, assassinaram um jovem, o escolheram como "pato da vez", para dar exemplo. Exemplo, não de valentia, hombridade e brio, mas de covardia. A mais abjeta covardia.

Há dez anos os pais desse jovem mártir procuram justiça e foram buscá-la, em vão, na justiça civil, na expectativa de encontrarem não a reparação, já que o mal é irreparável, mas algum reconhecimento. O filho "perfeito" é apenas pó, uma lembrança triste na mente de seus pais e dos que o quiseram bem. O processo rolou na justiça civil e o juiz Sérgio Schwatzer, da 16ª Vara, sentenciou que a União não é responsável pela morte de Márcio. O máximo que foi dado à família foi o reembolso do caixão!

Na sentença o magistrado afirma textualmente: "O dano moral somente é indenizável quando produz reflexos de ordem patrimonial. O menor vítima de acidente (???) por não reunir condições de, ao menos potencialmente, amparar seus pais na velhice, POIS ERA PORTADOR DE GRAVE ENFERMIDADE, SE ENCONTRAVA EM ESTADO TERMINAL E TINHA POUCAS SEMANAS DE SOBREVIDA, FAZENDO DESAPARECER COM ISTO A PRESUNÇÃO DE DANO DECORRENTE DE SUA MORTE."

Pela sentença, Márcio estava "terminal". Na véspera, quando se despediu alegremente da mãe, parecia sadio. Às 5:30 da manhã de sua morte, parecia tão "terminal" que seus instrutores — baseados no fato de que percorria três mil metros em treze minutos e meio, recorde mundial da categoria moribundos — o colocaram em marcha forçada com todo o equipamento nas costas num duríssimo exercício militar. Se estivesse de fato "terminal", a irresponsabilidade do Exército seria ainda maior, pois seria produto de imbecilidade institucional e não de desvio de comportamento de um militar despreparado e sádico. Nunca vi paciente terminal morrer pulando cerca, arrastando-se pelo chão e simulando combate.

Não vou tecer considerações sobre o meritíssimo, pois sou testemunha de que há uma verdadeira "indústria de indenizações", atingindo a imprensa e visando calá-la. Não é só o general que tem raiva da imprensa. Para comentar, passo a palavra à mãe do jovem assassinado: "Após quatro anos, finalmente, o Sr. Juiz da 16.ª Vara Federal, Sérgio Schwatzer, proferiu sua sentença de ação que movíamos contra os responsáveis pela morte de nosso filho, cadete Márcio Lapoente; a União e, principalmente, o causador da morte, o então tenente Antônio Carlos De Pessoa. Tanto nós como nosso advogado, Dr. João Tancredo, ficamos estarrecidos e indignados com a decisão tomada pelo referido juiz federal. Infelizmente, mais uma vez, podemos observar que a nossa Justiça é falha e tendenciosa."

E agora, general Cardoso? O senhor teve uma atitude extremamente digna durante o episódio. Condenou-o, confortou a família sem procurar enganá-la e chegou a comparecer ao enterro de Márcio. Mostrou-se homem, digno das estrelas que enverga em sua túnica e pode orgulhar-se delas, revelando a verdadeira face do Exército, o glorioso EB de tantos abnegados e patriotas. A face de Osório, o Marquês de Herval, não a aberração do DOI-CODI e dos terroristas do Riocentro.

E agora, ministro Gregori? Não é preciso apresentá-lo aos leitores. Todos o sabem homem íntegro, de princípios. Um guardião da lei. O processo está em suas mãos. Olhe-o de frente, tire a venda que só acaba favorecendo o mal, o poderoso, e prejudicando o despossuído, o fraco, o inerme. Aja com justiça!

Isso estende-se à Justiça. Cabe a ela provar que a impunidade não tem mais lugar entre nós. O corpo, quebrado e martirizado, de Márcio Lapoente Silveira clama, não por vingança, mas por JUSTIÇA!

Saudosa maloca

(JB — 25 DE JANEIRO DE 2001)

Recebi do amigo Mário Aratanha duas jóias de sua gravadora, a Kuarup, que só traz o melhor da MPB. Trata-se das últimas apresentações, ao vivo e gravadas, de dois ícones do samba: Cartola e Adoniran Barbosa. Entre as duas gravações transcorreram pouco mais de dois meses. Cartola fez seu último *show* gravado em 30 de dezembro de 1978, no Ópera Cabaré, em São Paulo, e Adoniran gravou pela última vez ao vivo no dia 10 de março de 1979, no mesmo lugar. São Paulo, túmulo do samba? Que nada! De Cartola, não vou dizer quase nada. Entre nós, cariocas e mangueirenses, tudo já foi dito. Pessoalmente, devo declarar que trocaria tudo o que já escrevi apenas pelos versos de "As rosas não falam". Pra mim é a música mais bonita já composta no Brasil.

Adoniran é outra coisa. Seu samba é urbano, uma crônica que só poderia ser escrita e cantada numa cidade como São Paulo. Fala do homem comum e tem uma carga incomum de humor e ironia e um delicioso "falar errado" que só a alma de um poeta excepcional consegue captar. É São Paulo em estado puro, no que há de melhor. Ele e Vanzolini são duas referências que combinam, como ninguém, o ritmo africano do samba com uma certa italianidade que marcou (e ainda marca) a paulicéia.

Infelizmente, essa São Paulo é cada vez mais rara e rala. Fui criança em São Paulo e foi através da cidade que aprendi a ver, amar e viver o Brasil. Era um lugar fascinante, feito de imigrantes, e que tinha um centro monumental, lindo, hoje velho, degradado, descaracterizado e selvagem.

Para mim, o tráfego debaixo do Viaduto do Chá era a coisa mais extraordinária que meus olhos já haviam contemplado. Os prédios eram de tirar o fôlego do menino. Fazia o *footing* na Barão de ltapetininga. Ia ao cinema de gravata e calça curta! Curtia as matinês *Tom & Jerry* no Metro. Eram cinemas monumentais, com chafarizes e elevadores, hoje transformados em garagens ou exibindo filmes pornôs.

Éramos pobres, imigrantes, morávamos na rua Guaianazes, entre Aurora e Vitória, onde mais tarde seria a Boca do Lixo, que já começava a tomar forma naqueles anos 50. (Morara antes numa pensão em Higienópolis.) Os prédios ainda estão lá e quando passo por São Paulo vou ver o lugar com olhos de adulto e me angustio com a decadência. Lembro-me de ter visto o lendário palhaço Piolin em seu circo de lata na Barra Funda, fazendo caretas tristes ao som de Maringá. Era matéria bruta para um Fellini, mas eu não era (nem sou) Fellini.

Quase na esquina da lpiranga com a São João, ficava a Salada Paulista, onde serviam comida em pé. Eram centenas de pessoas comendo num ambiente de azulejos e num ritmo de fazer justiça à cidade que mais crescia no mundo, idiotice que orgulhava os paulistanos e que resultou no terror urbano atual. A salada acabou, mas o Bauru do Ponto Chic ainda resiste bravamente. Falo de Adoniran, lembro-me dos Demônios da Garoa: *"Carãns/ cãns/ cãns/ curãns/ Carãs/ cãns/ cãns/ curans/ o Arnesto nus convidô/ prum samba/ ele mora no Brais/ Nois fumo e num incontremu ninguém/ Nois fiquemu/ cuma baita duma reiva/ Doutra veis/ nois num vai mais/ Nois num sêmu tatu!"*, que faziam sucesso cantando suas músicas. Ah! que saudades da Elis!

Lembro-me das macarronadas dominicais. Os maravilhoso nhoques de Dona Elsa, minha mãe, que derretiam no céu da boca e que — milagre da genética — minha filha reproduz com perfeição sem que a avó lhe tivesse ensinado. Esses almoços eram ao som de ópera, e música napolitana, no rádio. Tito Schippa, Carlo Butti, Mario Lanza, La Callas, La Tebaldi, Gigli e Ferrucio Tagliavini, parente distante de meu padrasto Otello, e do qual ele falava com entusiasmo, como se fossem velhos companheiros, com um orgulho para mim incompreensível. Lembro-me do Brás e do Bexiga (Brais e Bixiga), ainda italianos, a festa da Acheropita (que resiste) e da garoa de todos os inícios de noite, que já morreu. Secou.

Quase fui Palmeiras, ou Palestra, obrigado por coação, por pressão da meninada italiana. Resultado: o periquito, hoje porco, nunca entrou em meu coração. Fingia torcer, que não era besta, mas a minha simpatia estava no Corinthians. Anátema! Suprema traição! Conclusão: não tenho time em São Paulo.

Derivei para falar da música de Adoniran. Ela trata das coisas comuns e há nele sempre um certo conformismo, não destituído de denúncia e resistência, resistência malandra, bem-humorada de um povo sofrido, mas não infeliz. É freqüente o despejo de barracos em suas músicas, como no clássico "Saudosa Maloca", ou em "Despejo na favela": *"Quando o oficial de justiça chegou/ lá na faveeeelaaa/ e/ contra seu desejo/ entregou pro seu Tarcísio/ um aviso/ uma ordem de despejo/ assinada seu doutor/ Assim dizia a petição/ dentro de dois dias/ quero a favela vazia/ os barracos todos no chão/ É uma ordem superior/ ô ô ôôôôô ô meu senhor/ é uma ordem superior/ Não tem nada não/ seu doutor/ vou sair daqui/ pra não ouvir/ o ronco do trator/ Pra mim não tem problema/ em qualquer canto me arrumo/ de qualquer jeito me ajeito/ depois/ o que eu tenho é tão pouco/ minha mudança é tão pequena/ que cabe no bolso de trás/ Mas essa gente aí/ hein?/ Como é que faz?"*

Ou esta maravilha de puro surrealismo. Se Prèvert adotasse o "falar errado" assinaria embaixo: *"As mariposa/ quandu chega u friu/ fica dando vorta/ in vorta da lâmpida pra si squentá/ Elas roda/ roda/ roda/ Depois si senta/ encima du pratu da lâmpida pra discansá."* E, por que não esta cena da vida diária que só podia acontecer em São Paulo? *"Domingo nois fumo/ num samba nu Bixiga/ na Rua Major/ na casa do Nicola/ Na mesa do Teodoro/ saiu uma baita de uma briga/ era só pizza que avoava/ junto com as brachola/ Nois era estranho no lugar/ e não quisemos si meter/ não fumo lá pra brigá/ nois fumo lá pra cumê/ Na hora H/ si infiemu dibaixu da mesa/ fiquemu ali di beleza/ vendo o Nicola brigá/ dali a pouco/ escutemo a patrulha chegar/ e o sargento Ribeiro falar/ Num tem portância/ vou chamar duas ambu-*

lância/ Carma pessoar!/ A situação aqui tá muito cínica/ os mais pió vai pras crínica."

Por que falo de São Paulo? Quando comecei a escrever pensava em Adoniran e a infância me veio à cabeça. Tinha nove anos quando São Paulo fez quatrocentos, e lembro do fascínio da inauguração do Ibirapuera, da corrida de São Silvestre, à meia-noite do Ano-novo, antes que a Globo conseguisse estragá-la. Lembro-me de Zatopec, a locomotiva humana, e seu mito. Enfim, correu o tempo, São Paulo completa mais um ano, e percebo que já vivi a maioria do tempo que me cabe.

Saudosa maloca.

O Império da Lama pede passagem...

(JB — 28 DE FEVEREIRO DE 2001)

Depois do Carnaval, chega a hora do desfile do Império da Lama, verdadeiro campeão da folia. Notem que enquanto as demais escolas só têm três dias por ano para desfilar, o Império evolui nos demais 362 dias do ano. Este ano, o enredo é "Me grava que eu gosto", que vai começar a ser cantado já a partir de amanhã, primeiro dia útil do ano (ou será a segunda-feira?).

O Império da Lama, que desfila em Brasília, teve alguns problemas sérios. O primeiro, que se repete ano após ano, é a comissão de frente. Ela custa (literalmente) a acertar. Há aqueles, a velha guarda, que se contentam com 10%, mas alguns membros mais novos e famintos chegam a 20%, 30% e até mais, o que levou financiadores da comissão a perderem a paciência e reclamarem com o diretor da escola: "Assim não dá, pô! Desse jeito é melhor você ficar com a frente e nós com a comissão!" Mas, brigas à parte, eles sempre se entendem porque quem paga a conta desse Carnaval é você que, no máximo, vai poder sair na ala dos otários, de longe a maior do Império.

O segundo problema, que chegou a ameaçar o Carnaval, foi o surgimento, em São Paulo, de uma nova escola inspirada no exemplo do Império da Lama: a Unidos do Carandiru. Os princípios das duas são assemelhados, mas há uma diferença fundamental entre ambas. A diretoria da primeira, altamente profissional, está bem situada na vida, é branca, com instrução superior (prisão especial, na remota hipótese de...), enquanto os dirigentes da segunda são reles amadores, pobres, no mínimo pardos, com pouca instrução e só têm direito a cadeia superlotada, que (ao contrário da diretoria do Império) conhecem muito bem.

Mesmo em enorme desvantagem, a Unidos do Carandiru impressionou os jurados este ano pela sua harmonia e organização. O desfile das suas 29 alas funcionou como um relógio, assombrando a turma da cronometragem. Além disso, a comissão de frente da Carandiru sai muito mais barata do que a do Império. É só conferir...

Aliás, já que estamos falando em cronometragem e harmonia, o Império está com sérios problemas. A decana da ala das baianas perdeu o ritmo no meio do desfile e resolveu evoluir em direção contrária à das outras alas da escola, acusando o mestre-sala de ter metido a mão na caixinha. A maioria das baianas seguiu atrás dela, enquanto as demais alas ficaram com a diretoria da escola e a confusão se estabeleceu. O Império ameaça chegar dividido à apoteose. Há quem desconfie da baiana velha. Elas são, em geral, respeitáveis matronas. Mas a revoltosa tem pouco cabelo e bigode branco. Sei não...

Os destaques do Império, este ano, dividem-se em "turbinados" e não "turbinados". Destaque "turbinado" é que nem peito com silicone, ou seja, parece mas não é: Bons negócios, como certas privatizações que parecem honestos, mas... Os "não turbinados" são o que são. Tem cara de maracutaias desde o começo. Parecem coisas do Sérgio Naya, juiz Nicolau e afins. São tão públicos como os "turbinados" mas, como os seios dos desfiles, são — com certeza — menores.

Há ainda uma terceira categoria de destaques: parecem bem "turbinados" mas não se vai ter certeza até apalpar bem. E os carros alegóricos? Há um, com um enorme telefone, vários gravadores que se acendem e apagam, fitas que rodam, cornucópias de dinheiro público e uma bolsa escola de R$ 15,00 (!) "pelo social". Vá se entender esse carnaval...

Marraio

(JB — 4 DE MARÇO DE 2001)

— Marraio, firidô sô (sou) rei!
— Companha!
— Bola ou búlica?

O que é feito das brincadeiras de outrora? Nunca mais vi meninas brincando de amarelinha, saltando entre o céu e o inferno, marcados a giz nas calçadas. Ainda se pula corda? Alguém ainda roda pião? Quem brincou com um troço esquisito chamado *bilboquet*? De vez em quando fazia a gente acertar uma bola de madeira na própria testa (doía!), bola que tinha um buraco e era presa a uma haste por uma corda. O objetivo do jogo era encaixar o buraco da bola na haste jogando-a de baixo para cima.

Alguém se lembra do sapo ou é fantasia minha? Era uma caixa de madeira colorida, na qual era desenhado um sapo verde com a boca aberta. Jogava-se um pequeno disco de madeira na boca do sapo que ia cair num dos muitos compartimentos visíveis na frente da caixa. Os compartimentos tinham valores variáveis. Era o primeiro "jogo de azar" da criançada. Nunca mais vi um.

Também nunca mais vi realejo com periquito da sorte. Realejo, hoje, só em Paris, mas lá é atrasado...

Vejo as crianças de hoje, como Pedro Coutinho, onze anos, filho da Raquel, uma grande amiga, muito inteligente e muito mais ligado no mundo do que eu era, com a idade dele. Pedro, como os de sua geração, é bamba na Internet, joga *games* que deixam o pobre sapo na pré-história, pede meu *lepitopi* emprestado e em segundos abre coisas que nem sei que existem nele, com uma destreza que confirma que estou ficando velho.

Mas Pedro é prova viva de que as velhas brincadeiras não perderam a graça. Ele descobriu a pipa. Os meninos quase não soltam mais pipas, pelo menos no Rio, onde os prédios, as ruas inseguras e os fios impedem o folguedo. Mas basta olhar para os morros para ver pipas se desafiando e cortando umas as outras com cerol (um perigo!) e uma doce lembrança de infância. Pedro fascinou-se e encontrou, em mim, um pobre instrutor. Cabresto, rabiola... já se foi o meu tempo e se não fosse o genro da caseira onde passa os fins de semana na Serra, talvez não pudesse descobrir um velho prazer.

Cerol, a gente fazia no trilho do bonde. Quebrava-se o vidro com cuidado e embrulhava-se numa trouxinha de pano bem fechada e colocada sobre o trilho. Nas primeiras vezes dava um certo medo. Achava que podia descarrilar o bonde e causar uma tragédia. Pretensão tola! O monstro passava sobre a trouxinha com a mesma indiferença de um elefante ao esmagar uma formiga. O resultado era um fino pó de vidro que, misturado com cola, era aplicado sobre o cabresto e nos primeiros metros da linha. A tática era aproximar-se da outra pipa, fazer uma espécie de *looping* de 360 graus (aliás, todos têm 360 graus), enroscando a linha da pipa na outra puxando-a e cortando-a.

Jogava-se pelada. Sempre fui perna-de-pau, mas nem tanto quanto um colega de sobrenome árabe que marcou um gol espetacular contra o nosso próprio time, o São Vicente, melhor time colegial de Petrópolis do final dos anos 50. A mãe do menino, libanesa exuberante, peruíssima, cheia de jóias e maquiagem pesada (perfumando um quarteirão), gritava e saltava contente: "Minha filhinho fez uma gol", enquanto a garotada em peso caprichava no coro, homenageando a "filhinho": "Filho da p... !, filho da p...!"

Nadava-se, andava-se de bicicleta, mas não havia a institucionalização de hoje. Meninos e meninas vão à aula de natação, à aula de judô, à aula disto e daquilo. Até para o futebol há escolinhas e muitos aprendem a jogar tênis na esperança de ser o Guga. Isso não existia. As brincadeiras obedeciam a um calendário não escrito, mas observado com rigor. Era um mundo só nosso, livre. Pai e mãe não tinham vez. Todos sabiam o seu lugar.

Havia época de brincar de pique, queimado; outra de bolinha de gude. Eram lindas, algumas de estimação. Olhando-as contra a luz, bem perto do olho, imaginávamos um universo inteiro, azul, vermelho, verde, amarelo, cheio de pequenos mundos e nebulosas. Bilha de rolimã não valia, partia as bolinhas de vidro e de porcelana, como os fascinantes e desejados "olhinhos".

Os meninos grandes passavam perto do jogo dos menores usando "sapatos-tanque", que tinham um solado de borracha vulcanizada, cheio de grandes reentrâncias (como o dos astronautas na lua), nas quais as bolinhas ficavam presas ao serem pisadas. "Apagou a luz!", gritavam os maiores e saíam rindo da raiva impotente dos pequenos roubados. Lembro-me. Depois... cresci, usei o tal sapato e "apaguei a luz". Tornei-me opressor sem saber (não sei até hoje) o que dizia.

Mas, se bilha não podia, o rolimã era objeto fascinante, cobiçado, bom pra fazer carrinho, antepassado dos *skates* de hoje. Brinquedo de pobre era um aro de metal (servia um de triciclo), sem o pneu, guiado por uma haste de metal com um dente, feito a mão, onde a roda se encaixava e era manobrada e empurrada.

Brincava-se de carniça. Alguém ainda pula? Brincadeira inocente, mas que podia doer de acordo com a modalidade. "Pastelão quente" dava frio na espinha. Quem estivesse na carniça teria que tirar a camisa e dobrar o tórax sobre o abdome deixando as costas nuas para cima e apoiando as duas mãos nos joelhos para agüentar o tranco. Quem ia saltar estatelava, com toda a força, ambas as palmas abertas nas costas do infeliz (plaft! Doía...), ao pegar impulso para passar sobre o corpo da carniça. Coisa ainda pior era "escrever carta para a namorada". Demandava vingança imediata, cruel, em defesa da honra, permitindo descarregar o sadomasoquismo infantil. Afinal, todo mundo tinha a sua vez de carniça.

Havia outras brincadeiras, como o finco e a malha. E o pião? Afinava-se a ponta metálica e jogava-se com corda. Quem ainda é capaz de fazer isso? E futebol de botão? Tinha um centroavante que fabriquei com mais empenho que um satélite da NASA. "Alta tecnologia", segredos intransponíveis, um "chute" mortal, capaz de vencer até goleiros de caixa de fósforos cheios de chumbo: "Castilho", com sua "leiteria", ou "Gilmar" (que, invariavelmente, engolia um frango e depois fechava o gol). Mas isso conto outro dia.

Voltando às bolinhas de gude, marraio, estabelecia a ordem de habilitar-se para começar a jogar (era o último), arremessando a bola de gude o mais próximo possível de uma linha. Ganhava quem chegasse mais perto e podia começar. O "companha" antecedia o "marraio". O objetivo era ir da primeira à quinta búlica, e "matar" todas as bolas que viessem atrás, tecando-as para longe das búlicas. Na quinta, você virava "papa" e podia tecar e ficar com as bolinhas de seus adversários. Acho que era isso...

Mas o que significa marraio?

Ensaio de orquestra

(JB — 11 DE MARÇO DE 2001)

Tec! Tec! Tec!
O maestro bate com sua batuta na estante da partitura. Em silêncio absoluto a orquestra, após aquele ruído característico, confuso e continuado de afinação, permanece estática à espera do início do ensaio geral. O público, após os aplausos da chegada do maestro ao palco (na verdade ele entrou duas vezes), permanece em silêncio ansioso. Público de ensaio é a maioria que não tem dinheiro para ir ao concerto. O regente, com a batuta na mão direita erguida, aguarda, valoriza, faz suspense.

A música? "Fanfarra para Trombones", obra de um compositor baiano muito conhecido. Quando o maestro, num movimento brusco de mão, marca a primeira nota, começam os problemas em meio a uma grande confusão sonora.

"Quantas notas tem essa sinfonia?", pergunta o primeiro violino.

"Por que a pergunta?", questiona, por sua vez, o maestro.

"É que tem gente na orquestra, além do público todo, achando que tem nota de menos nessa música. E como vamos tocar, se a maioria das notas está escondida, sumiu, não aparece na partitura? Parece até que está longe, lá no Caribe, em algum canto, sei lá. Não seria bom apurar onde foram parar?", interroga o primeiro violino.

"Bobagem! Tudo já foi apurado! E se alguém fizer isso eu vou considerar uma deslealdade e ponho pra fora da orquestra. Uma procura de umas notinhas aqui e ali pode acabar com a orquestra no lixo. *Da capo!*" — ordena, enérgico, o maestro, batendo novamente com a batuta e levantando os braços.

Prááááááááá.... prááááááá... poooooommm... tachaaannn...

O condutor abaixa bruscamente a batuta, com força, e quase a quebra na estante, interrompendo a música no quinto compasso: "Parem! Parem! Isso está horrível! Aqueles dois trombones isolados estão atrapalhando a orquestra."

"Nós estamos é levantando a orquestra", responde — desafiador — um dos trombonistas.

"Eu vou continuar tocando o meu solinho aqui, enquanto não souber onde foram parar as notas", acrescenta o outro trombone isolado, de cabelo e bigode brancos, solando: *cooooorrrrrruuuptoooooooos...*

O público se alvoroça. Um dos espectadores se levanta e pergunta ao maestro: "Mas esse daí sempre tocou esse acorde e até aqui nunca mostrou a pauta. Ele não era o seu aliado mais forte? Quando se tentou saber das notas sumidas antes, ele não o ajudou a manter a sinfonia exatamente como está, com um monte de notas desaparecidas e sem explicação?"

"........" (Maestro permanece em silêncio, já arrependido de ter sido tomado pelo espírito de um amigo recém-falecido, conhecido por seu temperamento explosivo e que — diga-se de passagem — não apreciava muito certas companhias e práticas do regente.)

"Mas eu mudei de idéia e vou acabar com tudo, pelo menos com aquele paraense ali!", grita o trombonista de cabelos e bigode branco apontando para um caboclo escondido atrás de um enorme baixo. "É só abrir a partitura dele que as notas aparecem! O vice-diretor financeiro da orquestra já autorizou e disse que há uma musiquinha no cofre que, se o baixista pedir, ele canta..."

Confusão na orquestra. Todo mundo toca ao mesmo tempo, desafinado, cada um na sua nota. Desce o pano rápido, enquanto o público, que paga a conta do espetáculo começa a vaiar, e ovos são atirados sobre o palco dessa triste cacofonia brasileira.

Sem culpa — O bom Deus carajá

(JB — 21 DE MARÇO DE 2001)

Fiquei impressionado com a "cultura" e a pose do Luís Estevão, durante a sua prisão-relâmpago, ao ler *Tempo de transcendência, o ser humano como projeto infinito*, de Leonardo Boff. Leu também Saramago. O homem devia estar na Academia. A de Letras, não a de Tênis, em Brasília. Movido pela curiosidade resolvi seguir o exemplo e li o livro. Li e reli, pois na verdade trata-se de uma palestra transformada em livro. Juro que não entendi o que, naquela obra, poderia interessar a alguém como Luís Estevão.

*

Mas vamos esquecer Estevão e pensar um pouco. O livro de Boff fala da necessidade inata de transcendência e começa contando um mito belíssimo dos carajás, que tem vários pontos em comum com o mito judeu-cristão da expulsão do paraíso. Contam os índios que os carajás foram criados imortais pelo Senhor. Mas viviam dentro d'água, o que, cientificamente, é muito mais preciso que o mito do paraíso. O Criador havia feito uma única restrição. Os carajás só não podiam aproximar-se nem atravessar o buraco de luz que havia dentro d'água. Se o fizessem, perderiam o dom da imortalidade.

A vontade de atravessar era grande e, um dia, um carajá mais jovem e afoito ousou e deu nas praias do Araguaia. Encantou-se com a beleza da natureza, com o Sol, os bichos, a brisa, as árvores, com a noite, a Lua, as estrelas, os vaga-lumes e ao voltar contou a seus irmãos e todos resolveram passar pelo buraco de luz. Mas antes foram falar com o Senhor que não os condenou, aceitou a decisão deles, mas advertiu-os de que perderiam a imortalidade ao conquistar as belezas efêmeras que havia do outro lado do buraco. Perguntou se estavam dispostos a isso e como os carajás mantivessem sua vontade, deixou-os ir e deu no que deu.

Se considerarmos do ponto de vista de construção da história há notáveis semelhanças. O homem vivendo numa situação ideal, mas com um interdito: o buraco na água ou a árvore da ciência do bem e do mal, ou mais popularmente, a maçã. O homem desobedece, viola a proibição, e sua vida piora no sentido físico. É expulso do paraíso, tem que trabalhar, ou até morrer.

MAS PASSA A SABER! O fato é que a sua escolha é sempre no sentido da liberdade e do conhecimento. O homem quer ser livre para decidir. Não aceita interditos, nem mesmo os de Deus, e está disposto a pagar por isso até com a própria vida. É esse anseio de ser livre, de escolher que revela toda a beleza e grandeza da alma humana.

Não sou religioso, mas se o fosse escolheria, tranqüilo, o Deus dos carajás. O Deus judeu-cristão é vingativo, mesquinho. Expulsa Adão e Eva do paraíso com um anjo e uma espada de fogo, amaldiçoa a sua criatura, que mal suporta, condena-a ao trabalho, à dor e ao suor, pune ainda mais a mulher e — pior de tudo — joga sobre a Humanidade inteira, de pais para filhos, um manto de culpa concretizado numa monstruosidade teológica: o pecado original. Que filho pode ser culpado pelas faltas de seu pai?

O Deus carajá é sereno, não faz nada disso. Há uma condição prévia resultante da ruptura do pacto entre o criador e a criatura, que é o efêmero, conhecida de todos. Quando o povo decide entrar no buraco, o Deus deles não se revolta, não pune, não expulsa. Aceita a decisão, deixa ir e não joga a culpa sobre ninguém. Não há pecado original e todo o pensamento torto, infelicidade e desgraça que esse conceito insano originou entre nós.

Ossobuco & máfia

(JB — 4 DE ABRIL DE 2001)

Há certos episódios na vida que não têm explicação. Em 1982 acabara de chegar a Nova York para morar e num sábado resolvi ir à *Little Italy*, a Pequena Itália, o que restou do bairro italiano da *Big Apple*. Tinha informações sobre um restaurante de comida napolitana que, dizia-se, era muito boa, honesta, sem frescuras. Era o restaurante preferido de Ronald Reagan na cidade. Mas o atendimento... Pelo que pude saber, perto deles os garçons do Bar Lagoa eram lordes de um clube britânico de boas maneiras.

Preparei-me para comer bem e brigar, se é possível fazer isso, e entrei. Havia mesas disponíveis, o que não garantia atendimento imediato, sabia disso previamente. Mas para meu espanto, o *maître* chegou com um sorriso de orelha a orelha e acomodou-nos num ponto muito bom do salão. Comigo estavam minha mulher e meus filhos, então ainda crianças.

Percebi que três garçons nos atendiam. Pedi um ossobuco e juro que foi um dos melhores que já comi. O serviço fluía impecável. Os cumins não deixavam que o vinho, água ou refrigerantes baixassem um milímetro nos copos e o *maître* perguntava a cada minuto se estava tudo OK. Desconfiado, fluente em italiano, contei que era jornalista brasileiro e a cada coisa que dizia reagiam com Ahs! e Ohs! e continuavam a paparicação, o que começava a me constranger pois o atendimento das demais mesas do restaurante, agora cheio, parecia seguir aproximadamente o padrão que fizera a fama da casa. Servida a sobremesa, aparece o cozinheiro e pergunta se gostei de sua comida. Quando informei que sim, agradeceu efusivo. Paguei e não entendi nada.

Passei a freqüentar o restaurante aos sábados. O atendimento não foi tão exagerado como da primeira vez, mas o garçom, Salvatore, que lembrava o Aznavour, era a atenção em pessoa e os cumins continuavam sempre vigilantes. O ossobuco, impecável. Ou quase. Um dia veio uma peça um pouco menor que de costume mas não reclamei. Não era tão menor assim e ossobuco não é clonado. Já estava satisfeito quando Salvatore atacou.

— *Era buono?* (Estava bom?)

— *Si, grazie* (Sim, obrigado), respondi.

— *Ma um pó piccolo, vero?* (Mas algo pequeno, não é verdade?)

— Beeeehhh...

— *Lasci stare...* (Deixe comigo...), disse e encaminhou-se para a cozinha e, para meu horror, voltou com outro ossobuco, este gigantesco, e, depositando-o no prato, disse: "Eu disse para o cozinheiro que o senhor não gostou e ele fez este, com capricho especial e é por conta da casa." Eu já não agüentava mais ver ossobuco e tive que engolir um segundo para não desfeitear o Salvatore.

A essa altura, já levava amigos pra comer lá e demonstrar prestígio em Manhattan. Com o tempo fui formulando duas hipóteses para o fenômeno de meu atendimento cinco estrelas. Ou era parecido com algum chefão da *Cosa Nostra*; ou tinha um *zio* (tio), um *capo* mafioso, que eu não conhecia, e que deve ter chegado pro pessoal do Angelo's e dito, numa voz rouca, que tinha uma proposta "irrecusável" e um *nipote sciocco* (um sobrinho desmiolado), e que gostaria de "um favor muito especial", pelo qual ficaria "eternamente grato": que me atendessem, bem. E beijou o rosto do dono antes de sair.

Esse pensamento aumentou a excitação de comer lá. Imaginem se um dia entra um tipo mal-encarado com terno risca de giz, cravo na lapela, sapato duas cores, camisa preta, chapéu caído de lado, charuto na boca, com uma daquelas metralhadoras lata de goiabada; um *operatore* ("operador") de outra *famiglia* e, sem dizer nada, dispara: "tatatatatararrattaratararata..." No dia seguinte estaria na primeira de todos os jornais de Nova York e de Palermo, caído no chão, ensangüentado e com um ossobuco na testa, o molho escorrendo... Ridículo!

O pior é que ia morrer sem saber por quê. Nunca comi tão perigosamente em minha vida, mas que melhora o gosto da comida, ah... garanto que melhora! Um dia, em 85, deixei Nova York, o pessoal do restaurante fez questão de ser fotografado comigo quando soube que não voltaria. Só o Reagan merecera tal distinção. Era a glória suprema. *Grazie zio!*

Passaram-se 12 anos antes que voltasse a Nova York e ao "Angelo's". Entrei, o restaurante estava como o conhecera, toldinhos dentro do salão e fotos do Reagan.

Mas Salvatore e todos os demais tinham ido embora. Fui recebido sem qualquer sinal de prestígio mas a casa parecia mais educada. Só um garçom se lembrava vagamente do Salvatore. O ossobuco continuava muito bom, mas os cumins já não vigiavam o meu copo.

Foi nesse dia que tive a certeza, absoluta, de que o meu *zio, capo di tutti i capi*, estava morto.

A pipa louca

(JB — 11 DE ABRIL DE 2001)

Acho que estou ficando maluco. Vejam só, caros leitores, o que acabo de ler: "A Comissão de Relações Exteriores e Defesa Nacional aprovou projeto de lei que proíbe empinar pipas em áreas públicas em todo o país. Caberá aos municípios punir os infratores e determinar os locais próprios para essas brincadeiras ou competições. Segundo o autor do projeto, deputado Lincoln Portela (PSL-MG), a proibição evita risco de vida à população, já que o uso do cerol nas pipas é responsável por inúmeros acidentes. Além do perigo de atingir diretamente as pessoas, o cerol pode causar curto-circuito nas redes elétricas e telefônicas e acarretar a morte de pedestres, ciclistas ou motociclistas."

Nisso tudo só há um elemento racional. O cerol é mesmo perigoso e devia ser objeto de campanha educativa nas escolas, para desestimular ou pelo menos limitar o seu uso. Seria bom ensinar os meninos a não soltar pipas na rua. A ameaça dos fios de alta tensão é real, mas há uma, muito maior para as crianças: os carros. Mas o Brasil é *sui generis*. Somos dotados de furor legiferante, verdadeira ninfomania legal e, por conseqüência — como ocorre com todas as leis estúpidas — inócua. Criamos a lei da pipa louca.

Nosso problema é insistir em legislar quando seria necessário apenas educar. Temos dezenas de milhões de meninos espalhados por 8 milhões e meio de quilômetros quadrados. Vamos criar comandos para fiscalizar pipas? Mobilizar o Sivam e o Sindacta? Usar caças de interceptação? Quantos fiscais serão necessários? E o que vamos fazer com os transgressores? Fulminá-los? Será crime hediondo? Vamos colocá-los na Febem e "educá-los" para que larguem a pipa e passem a ser "aviõezinhos"?

O que têm a ver nossas inocentes pipas com a pomposa Comissão de Relações Exteriores e Defesa Nacional? Ah! Já entendi. Soltaram uma pipa daqui, cortaram a rabiola do Cavallo e ele se enfezou... Então é por isso que eles estão tiriricas com a gente e o Mercosul ameaça ir pro brejo! Mas também, gente, né?

E como se não bastasse, o presidente chinês Jiang Zeming vem aí só para avisar FH de que eles inventaram a pipa e que o Brasil deve os direitos (atrasados) de patente, senão estaremos sujeitos a reclamações (e sanções) na Organização Mundial do Comércio. Os canadenses estão de olho, *just in case*. Afinal, pipa, avião, tudo voa... Zeming adverte ainda que da próxima vez que alguma de nossas pipas (com cerol) se aproximar da fronteira chinesa, eles prendem e não devolvem mais. Não adianta nem o Bush espernear...

Curioso é o projeto do deputado Lincoln Portela. Ele proíbe soltar pipas "em áreas públicas". Quer dizer que em quintal pode? E nas lajes das edificações dos morros, de onde a molecada solta e cruza suas pipas, pode ou não pode? Laje é área pública ou telhado de casa? Nos morros é impossível soltar pipa das ruas por serem muito estreitas. É engraçado ouvir falar em "áreas públicas" num país onde, nas grandes cidades, o poder público não entra nas "áreas públicas" de boa parte da cidade, controladas por barões da droga que mobilizam verdadeiros exércitos "feudais". Quando entra, o poder público entra atirando e matando muito mais do que o pobre cerol. Por que não aproveitar e proibir também a bala perdida?

O projeto ainda será analisado pela Comissão de Constituição e Justiça e de Redação, em caráter conclusivo. Espero que elas joguem essa besteira no lixo. O esporte de empinar pipas já trouxe pelo menos uma grande contribuição à humanidade. Benjamin Franklin não teria inventado o pára-raios se soltar pipas fosse proibido e teríamos hoje muito mais mortes por raio do que as devidas ao cerol. Corta essa!

Vamos estatizar o Estado?

(JB — 18 DE ABRIL DE 2001)

Tornou-se lugar-comum satanizar o Estado, concluir que ele é a materialização da ineficiência, atravancador do progresso e por isso deve ser, senão eliminado, pelo menos reduzido às proporções mais simples, mero prestador de alguns serviços, mas incapaz de atrapalhar a trajetória do "deus mercado", que tudo provê, e quem nos levará à felicidade e prosperidade gerais. Com base nisso a palavra de ordem é vender, privatizar até mesmo empresas lucrativas e estratégicas. Privatizar fatias inteiras do Estado é a solução, certo?

ERRADO! Digam o que quiserem, no Brasil a solução deve ser o oposto disso. É PRECISO PRIMEIRO ESTATIZAR O ESTADO! Como assim? Desde 1530, quando fomos divididos em capitanias hereditárias, primeiro esboço de presença do Estado entre nós, ficou claro que o modelo a ser adotado seria estritamente ligado a interesses patrimoniais de uma minoria, em prejuízo da maioria. O interesse público e as reais tarefas do Estado já nasceram secundários no Brasil e assim permanecem.

Um Estado corrupto, escravocrata que, historicamente, serviu aos grandes proprietários de terra e que ainda hoje está a serviço de grupos econômicos, de algumas famílias, de grupos políticos, de especuladores, de simples ladrões, enfim, de tudo o que se opõe à conquista da cidadania. Um Estado para poucos, que sob a aparência de uma falsa democracia trai o ideal republicano, mantém na exclusão grandes segmentos da população e na ilusão outros grupos igualmente numerosos, enquanto permite que uma minoria se locuplete nos cofres públicos e viva (muito bem) à custa do erário.

É só ler os jornais. O escândalo mais recente tem sigla: Sudam. São dois bilhões de reais que escorreram pelo ralo. Você que cumpre as leis e paga imposto, candidate-se a um financiamento para a casa própria e veja quantas certidões, garantias e caminhos vai ter que percorrer. Isso para conseguir R$ 60, 70 mil para pagar em 30 anos. Pegue um crédito pessoal ou um empréstimo bancário e observe o que lhe acontecerá se porventura atrasar alguma prestação. Calcule os juros que vai pagar. Compre um liquidificador a prazo e veja-se no SPC, apontado como caloteiro por não ter liquidado a tempo uma dívida de R$ 20,00. Você vai ver o que é ter o "nome sujo na praça", ou ser lentamente moído pela burocracia sádica do Banco Central por esquecer de cobrir um cheque de R$ 50,00 e estigmatizado como estelionatário. Tenha o azar de cair na "malha fina" do imposto de renda (é claro que por ser idiota, classe média e assalariado, você declara IR), e vai ver seu dinheiro voltar com um ano de atraso e, na maioria das vezes, sem qualquer explicação ou, no máximo, que o critério é aleatório, ao acaso, ou que a firma que lhe paga o salário cometeu um erro etc.

Isso é para nós, caros cidadãos trouxas desta "mãe gentil". Mas vamos dizer que você seja amigo de quem interessa. Nesse caso é fácil! A cornucópia do Estado vai correr abundante para o seu lado. Basta montar uma firma fajuta (não precisa nem registrar), arranjar notas fiscais frias, um projeto qualquer, não precisa sequer ser coerente, mas é indispensável que seja bem avaliado e você pode, sem muito esforço, conseguir milhões de reais na Sudam ou em qualquer outra biboca semelhante. Alguns poucos já levantaram mais de R$ 2 bilhões, um escândalo que faz empalidecer o juiz Lalau. Tão franciscano..

Essa gatunagem só é possível porque, entre outras coisas, o Congresso é dividido em bancadas de ruralistas, empreiteiros, banqueiros e até evangélicos, todas passando longe do interesse da maioria dos seus eleitores. Além disso, o aparelho do Estado é um loteamento cujos cargos são repartidos de acordo com a "representação política", o que significa distribuir sinecuras aos indicados pelos políticos eleitos, cargos que manipulam milhões e até bilhões de reais, preenchidos por pessoas na maioria das vezes sem qualquer qualificação e — em muitos casos — com folha corrida em lugar de currículo.

Você e eu, eleitores e leitores, não temos o menor controle, a menor garantia sobre a lisura ou eficiência desse sistema. Troca-se até diretor de hospital pelo tal "critério político". Escolhem-se os nomes, em geral os mesmos, formando uma *nomenklatura* que não tem qualquer compromisso com a coisa pública, incapaz de perceber o limite entre o seu bolso e o erário.

Num país como a França, onde a presença do Estado é tradicionalmente forte desde que a monarquia destruiu o feudalismo e formou o país — situação que a Revolução não modificou — os quadros do Estado não são, nem de longe, influenciados pela política como no Brasil. Começa pelo fato de que para os franceses a carreira pública é prestigiosa, ao contrário do que ocorre aqui, onde é cada vez mais satanizada e aviltada pelo atual governo.

Lá, os quadros do Estado são formados pela ENA, Escola Nacional de Administração, considerada uma das mais difíceis, senão a mais difícil, instituição do ensino superior francês. Os "Enarcas" (como são chamados os formados pela escola) são os profissionais mais valorizados da França. No Estado, sua missão é defendê-lo até contra absurdos eventuais do governo. Quando muda um governo em função de eleição, muda a política e os novos governantes escolhem, nos quadros do próprio Estado, quem vai gerir o quê. (Não falo de ministros.) Não há a menor possibilidade de alguém apenas por ser amigo ou sócio de senador acabar presidente de autarquia de fomento, banco ou coisa parecida. Isso para não falar de hospital.

Desde criança ouço falar em corrupção. As bestas feras de meu tempo chamavam-se Adhemar de Barros (rouba mas faz!); Moysés Lupion (um governador do Paraná, que loteava até praça pública) e Mário Pinotti. São os mais velhos que lembro. Ah! E o próprio Juscelino deu o fora rápido depois de entregar o cargo a Jânio Quadros, pois temia ir em cana. De lá pra cá só piorou. Durante a "revolução", na construção da ponte Rio-Niterói, contava-se a seguinte piada:

O ministro dos transportes chamou um certo governador de São Paulo para visitar a obra. Ao chegarem ao local, o ministro apontou para as obras da ponte e disse:

— Tá vendo a ponte? — E batendo no bolso com a mão emendou — Ó! 20% tá aqui.

O governador, alguns dias depois, convidou o ministro para ir a São Paulo ver outra ponte. Chegando ao local, o governador apontou para um rio imenso e disse:

— Tá vendo a ponte?

— Não, não tem ponte — respondeu o ministro.

Batendo com a mão no bolso, o governador disse:
— Ó! 100% tá aqui.

Se juntássemos todo o dinheiro que já foi afanado dos cofres públicos ao longo de nossa história, dinheiro seu e meu (e jamais devolvido), e tivéssemos aplicado, sistematicamente, 10% desse total numa atividade típica do Estado, como a educação, teríamos hoje um país muito diferente...

De onde vêm as piadas?

(JB — 2 DE MAIO DE 2001)

Um dos grandes mistérios da Humanidade é: como nasce uma piada? Quem é o autor daquela do papagaio na zona (ou seria no Senado?), ou a do gago? Contos, romances, biografias, ensaios, poesias têm autores conhecidos, arrecadam direitos autorais, dão lucro às editoras, ganham prêmios, movimentam toda uma estrutura de divulgação nos quatro cantos do mundo e são impressos, ao contrário das boas piadas. Piada impressa não presta, basta ler a última página da *Playboy* para ter certeza disso.

A piada é a última sobrevivente de uma das mais antigas tradições do homem, muito anterior à literatura: a tradição oral, de onde vem também o jornalismo, que disputa com aquela outra o título de profissão mais antiga do mundo, mas isso já é outra história... A piada passa de um contador a outro, muito antes da Internet, e se alastra como um rastilho de pólvora pelos quatro cantos do mundo.

Alguém aí já criou uma piada? Ou chegou para um sujeito sentado em seu escritório, ante umas folhas de papel, ou um computador e ouviu: "Olha, acabei de fazer esta piada e você vai ser o primeiro a ouvi-la: A Maria tinha um gambá e precisava passar pela alfândega..."

Na viagem da piada ao redor do mundo só muda a vítima. Aqui, mexemos com os nossos patrícios d'além mar. ("...e aí os alemães gritaram: Manuel! Joaquim! E toda a tropa portuguesa se levantou...") Na França, os escolhidos são os belgas; nos Estados Unidos, os poloneses, mas tenho certeza de que portugueses, belgas e poloneses também elegem algum povo para descontar a sua sina.

Piada é marginal. Não custa nem arrecada um só centavo. Seu valor não pode ser medido, seja pelos critérios de Marx ou de Adam Smith. Já imaginaram se piada recebesse direito autoral? Como fiscalizar e cobrar? Seria engraçado, ia ter fiscal até em velório para controlar e cobrar direitos. Velório? Ora, e existe lugar melhor para contar piada? ("Você conhece aquela da viúva que chorava no túmulo do Jacó...?")

Conheço grandes divulgadores de piada. São como livrarias. Alguns são verdadeiras *"megastores"* como Augusto Marzagão. Nunca encontrei Dom Augusto sem que ele tivesse pelos menos uma piada (boa) para contar. São em geral piadas mexicanas e *soft*. Outro grande amigo meu, Adelino, é especialista em piadas de "saloon", aquelas politicamente incorretas, ou tão cabeludas que exigem (ou exigiam) que as crianças e a tia velha saíssem da sala para contar, mas irresistivelmente engraçadas.

Procurei averiguar com os dois, mas eles também recolhem as piadas aqui e ali, não as criam. Já conheci grandes piadistas, além de Marzagão e Adelino, mas nunca presenciei o nascimento de uma piada. Nem mesmo nossos humoristas criam piadas. Podem até escrever textos engraçadíssimos, inventar tiradas geniais, mas piada mesmo... nada.

Quem é o autor das piadas? Quero o autor!

PS — Uma vertente antiga das piadas é a política. Já no antigo Egito, gozavam-se os faraós. ("Sabe aquela da esfinge bicha?...") Nem o papa escapa. ("...il papa nó, ma un certo cardinale...") O Brasil sempre foi rico em piadas políticas. ("...é no casco, general! É no casco!...") Mas está acontecendo algo estranho ultimamente. Com o atual caos político que nos assola, com os Pinóquios e Ali-Babás soltos, seria lícito esperar uma avalanche de piadas. Piadas? Tá todo mundo em silêncio, quase ninguém está achando graça no que vemos por aí. Quando não somos mais capazes de rir de nós próprios, é sinal de que a coisa está mesmo ficando feia...

Historia antiqua

(JB — 13 DE MAIO DE 2001)

"Eu, Utzerius Adeps, escrevo estas linhas hesitantes à luz de um candeeiro. Estamos na era das trevas e, graças à clemência da deusa Fortuna, nosso frio não mata. Falo de minha terra, a Pízzia, que está no escuro e é governada por um rei instruído, que parecia bem preparado: Henríkeos. Ele chegou ao poder em meio a grandes esperanças e, assim que sentou no trono, criou duas máximas: "É fácil governar a Pízzia" e "esqueçam o que escrevi".

O começo foi até bom e o povo o amava. Estabilizou o talento, moeda que andava fraca, mas logo fascinou-se pelo poder. Sua imensa vaidade tomou conta dele, turbou-lhe o raciocínio e as coisas começaram a dar errado. O mal mais recente que nos aflige é a ira do deus Elektron, que faz sofrer meus olhos cansados, com a pouca luz que ilumina a ponta de meu cálamo.

Elektron vive numa furna, perto de uma grande cachoeira, e tem o poder de trazer a luz ao povo de Pízzia, afastando o escuro e o medo. A refrega com Elektron começou quando o rei parou de construir templos para o deus e pensou em traí-lo, esquartejá-lo, enfraquecê-lo, retirar seu poder e entregar o segredo da luz a quem lhe pagasse. O deus, irado, secou a cachoeira e o povo de Pízzia começou a mergulhar em trevas. A situação de Henríkeos é má. A ira do deus da luz é mais um sinal dos céus de que algo terrível se anuncia. Os oráculos prenunciam tempos duros.

No areópago os legisladores brigam. Acemus, grande condestável e aliado de Henríkeos (houve até quem dissesse que ele governava de fato), começou a divergir do rei acusando-o de ser benevolente com Corruptus, deus com muitos seguidores em Pízzia. Mas Acemus violou o segredo da urna sagrada do alto areópago e, imprudente, foi traído pela língua, jactando-se do feito a ninguém menos que ao Inquisitor Pravus, um dos *procuratores* mais perigosos do reino. Inquisitor contou aos arautos que espalharam a nova pelas ágoras de Pízzia.

Acemus viu-se acusado pelo crime e, sem saída, incriminou outro legislador (então líder de Henríkeos no areópago), Mendax Arrudius, de ter encarregado a vestal guardiã da urna sagrada de violar o segredo ritual dos legisladores, quando eles decidiam a sorte de um dos seus; um certo Estefanus, posto em ostracismo, acusado de cobrar mais do que gastava para construir templos, embolsar os talentos, e não entregar as obras no prazo, crime que já motivara a prisão do alto magistrado Lalausium.

Em meio à confusão e a uma série de episódios dramáticos, os legisladores encarregados de entregá-los ao julgamento dos membros do alto areópago ganham tempo enquanto decidem o que farão. Muitos querem perdoar Acemus, e evitar o seu ostracismo, mas têm medo do voto dos cidadãos que — revoltados — podem acabar banindo-os em breve, quando deverão escolher novos legisladores e um novo rei.

O sumo legislador do alto areópago, Jaderius, é acusado de ter se apropriado do velocino de ouro — há quem diga que trata-se de um suda(m)rio de ouro — para criar rãs sagradas, cuja maior propriedade é a de serem invisíveis. Jaderius duelou durante meses com Acemus, que queria impedi-lo de presidir o alto areópago. Jaderius e Acemus acusavam-se mutuamente de ladrões (e aos olhos dos cidadãos de Pízzia, ambos davam a impressão de dizer a verdade).

O rei favoreceu Jaderius que ganhou a luta por pouco tempo, antes de ser atropelado pelo aparecimento das rãs em fúria. Em Pízzia, uma praga sucede a outra numa velocidade espantosa. Nem no Egito de nossos avós viu-se coisa semelhante. Acemus, Mendax Arrudius e Jaderius ainda não foram julgados e já apareceu Bezerrus (igualmente de ouro) para confundir ainda mais as coisas.

Alguns legisladores, inimigos e amigos de Henríkeos, pretendiam libertar os manes presos nos armários do palácio e esclarecer as muitas coisas estranhas que andaram ocorrendo no reino. O rei se opõe. Diz que os manes devem ficar onde estão, pois sua presença espantaria uma entidade que passou a adorar, com fervor, um deus nórdico, estrangeiro: Investithor. Dizem-nos que esse deus é muito rico e Henríkeos acredita que vai resolver os problemas de Pízzia. O rei governa para Investithor. Seus templos, as *argentarias*, têm recebido generosas oferendas em talentos. Sacrificam-se os nativos em meio a descontentamento e barganha política. Pízzia só resiste porque é uma terra de imensos recursos.

Acusam o rei de ter comprado votos no areópago para mudar as leis e ficar mais tempo no trono, quebrando regras ancestrais. Outros falam em tenebrosas transações nas fundas minas de nossa terra, ou com os deuses que têm o poder de transmitir as palavras. Outros ainda, querem saber se há ouro subtraído do Tesouro em ilhas distantes, sob a proteção de um grande caimão, espécie de lagarto sagrado, que guarda segredos, vela por propriedades (e apropriações), sem jamais perguntar de onde vieram, e que é capaz de purificar qualquer coisa suja, como moedas e papéis.

Enquanto isso, boa parte do povo de Pízzia não pode mais passear nas ágoras que se tornaram verdadeiras éphodas, onde a vida dos cidadãos é ameaçada por inúmeros fora-da-lei. Os pizzianos assistiram à cruzada de Henríkeos contra os que querem exumar os manes e denunciar o que está acontecendo no país. Na última hora, o rei recomprou lealdades perdidas com 60 milhões de talentos de ouro. Tudo feito à meia-noite, hora de falar com espíritos (e facínoras), por artes de Jaderius; feitiço antigo, apreciado pelo deus Corruptus. Os manes indesejados foram, enfim, esconjurados e vão continuar sepultados guardando seus segredos para alívio de Investithor. Mas paira no ar um forte cheiro de podridão...

A escuridão se abate sobre Pízzia, enquanto os cidadãos, estomagados, cantam velha música de antigo compositor: "E o povo/ já pergunta com maldade/ onde está a honestidade?/ onde está a honestidade?..." Estamos a um passo de dizer que talvez Henríkeos não seja tão alheio assim à bandalheira, pois insiste em ignorar um dito sábio de nossos avós: "quem não deve não teme". Enquanto isso, Tigris Magnus, em seu *currus automatarius*, grita a plenos pulmões ao bater sincopado do tambor: *Omnia sub imperio exstant!* ou, em tom de latinice: *Totus dominatus est!* (Tá tudo dominado!) Vivemos muito próximos da barbárie. Duros são os tempos que estes olhos cansados testemunham. Que os deuses nos protejam de tanta desgraça!"

Dá para acreditar numa história dessas? Esses historiadores antigos inventavam cada coisa...

Pequeno léxico para entender *Historia Antiqua*

Adeps — Gordo * * * Ágora — Praça * * * Areópago — Assembléia de notáveis * * * *Argentaria* — Banco * * * Cálamo — Cana ou pena talhada em ponta, usada para escrever * * * *Currus Automatarius* — Bonde, cf. "Manual de conversação em latim moderno" de Davide Astòri (Ed. Avvalardi — 1995.) * * * *Éphoda* — Ágora perigosa e suja. Em sânscrito antigo? * * * Latinice — Uso presumido ou indevido do latim, falso latim * * * *Magnus* — Grande. Tigris Magnus é Tigrão * * * *Manes* — Espíritos ancestrais. Podem ser, por analogia, fantasmas ou esqueletos. Esqueletos no armário, significa coisa ruim que é melhor esconder * * * *Mendax* — Mentiroso * * * *Pravus* — torto * * * Talento — Antiga moeda grega e romana * * * Velocino — Carneiro mitológico com lã de ouro.

Este livro foi composto na tipologia Stone
Serif em corpo 10,5/15 e impresso em papel
Off-set 90g/m² no Sistema Cameron da
Divisão Gráfica da Distribuidora Record.

Seja um Leitor Preferencial Record
e receba informações sobre nossos lançamentos.
Escreva para
RP Record
Caixa Postal 23.052
Rio de Janeiro, RJ – CEP 20922-970
dando seu nome e endereço
e tenha acesso a nossas ofertas especiais.

Válido somente no Brasil.

Ou visite a nossa *home page*:
http://www.record.com.br